Bianca™

Noche de amor con el jeque
Lucy Monroe

Harlequin™

Editado por HARLEQUIN IBÉRICA, S.A.
Núñez de Balboa, 56
28001 Madrid

I.S.B.N.: 978-84-9000-425-8
Depósito legal: B-27411-2011
Editor responsable: Luis Pugni
Preimpresión y fotomecánica: M.T. Color & Diseño, S.L.
C/ Colquide, 6 portal 2 - 3º H. 28230 Las Rozas (Madrid)
Impresión en Black print CPI (Barcelona)
Fecha impresion para Argentina: 26.3.12
Distribuidor exclusivo para España: LOGISTA
Distribuidor para México: CODIPLYRSA
Distribuidores para Argentina: interior, BERTRAN, S.A.C. Vélez
Sársfield, 1950. Cap. Fed./ Buenos Aires y Gran Buenos Aires,
VACCARO SÁNCHEZ y Cía, S.A.
Distribuidor para Chile: DISTRIBUIDORA ALFA, S.A.

Prólogo

ANGELE le había preguntado a su madre si el amor moría al enterarse de que su padre Cemal bin Ahmed al Jawhar, hermanastro del rey de Jawhar y su héroe, era un adúltero compulsivo. Por entonces era un joven e inocente universitaria, tan convencida de la integridad de su padre que no había creído la noticia publicada en un periódico sensacionalista que alguien había dejado anónimamente en su casillero.

El gran héroe de su vida había caído de su pedestal haciéndose añicos sin que ni siquiera llegara a saberlo, al menos inicialmente.

Su madre, la exmodelo brasileña que conservaba una madura belleza, la miró largamente en silencio. Sus ojos, del mismo color café que su hija, cargados de emoción y dolor.

—A veces pienso que sería lo mejor, pero algunas personas estamos destinadas a amar incondicionalmente hasta la muerte.

—Pero ¿por qué sigues con él?

—En realidad hacemos vidas bastante separadas.

Y al oír aquello, Angele había sentido que otro de sus mitos se desvanecía. Vivían en Estados Unidos por su educación y para llevar una vida lo más anónima posible. Era un país con los bastantes escándalos propios como para ir a buscarlos en una familia acomodada de un pequeño país de Oriente Medio como Jawhar.

En cierta forma, su madre había intentado protegerla de la verdad, pero también se protegía a sí misma de la humillación de ser la esposa de un conocido adúltero, y Angele comprendió por qué sus viajes a Brasil o a Jawhar se habían ido espaciando cada vez más.

–¿Y por qué no te has divorciado de él?

–Porque lo amo.

–Pero...

–Es mi marido –Lou-Belia se había erguido con dignidad– y no pienso avergonzar ni a mi familia ni a él con un divorcio.

Teniendo en cuenta que el padre de Angele era considerado un miembro de facto de la familia real Jawhar, la excusa parecía justificada. Sin embargo, aquel día Angele juró que nunca aceptaría vivir como su madre, que no se dejaría atrapar en un matrimonio por obligación, en el que el amor causara más daño que felicidad.

Pensaba que podría mantener su promesa porque, a pesar de que nunca se había producido el anuncio formal, llevaba prometida al príncipe heredero Zahir bin Faruq al Zohra desde los trece años, y no había hombre más honorable en todo el mundo.

O eso había creído hasta aquel mismo día, en el que había recibido por correo unas fotografías.

La sensación de estar reviviendo una situación la asaltó tan vívidamente que pudo oler la hierba recién cortada que había perfumado el aire aquella fatídica mañana, cuatro años atrás. Los mismos escalofríos le recorrieron la espalda, dejándola temblorosa y confusa.

Si alguien le hubiera preguntado hacía apenas una hora por una certeza, Angele habría dicho que Zahir jamás sería protagonista de las páginas de un tabloide porque su sentido de la responsabilidad hacia su familia se lo habría impedido. El jeque era demasiado íntegro como para que pudieran pillarlo in fraganti con una mujer.

Pero su segundo ídolo acababa de colapsar.

Angele contempló la primera de las fotografías, una imagen inocente en la que Zahir ayudaba a una rubia voluptuosa a subir a su Mercedes, y sintió un nudo en la garganta al contener una risa histérica.

La realidad la sacudió como una bofetada. No olía a hierba, sino a la fragancia de limón con la que a su jefe le gustaba perfumar el sistema de ventilación. No se oía el parloteo de los estudiantes en los pasillos, sino su propia respiración en la oficina casi vacía. El sabor metálico del miedo le llenó la boca al tiempo que empujaba con el dedo la fotografía hacia un lado.

La siguiente, mostraba a Zahir besando a la mujer, que en aquella ocasión lucía un mínimo biquini ya que estaban al borde de una piscina. Angele no reconoció la casa. De estilo mediterráneo y con una gran piscina, podría encontrarse en cualquier parte. En cambio no quedaba duda de la pasión con la que la pareja se besaba.

Y ese beso le recordó una escena que habría preferido olvidar.

Tenía dieciocho años y estaba enamorada de Zahir desde que tenía uso de razón. No le importaba que los demás la entendieran, pero lo cierto era que su sentimiento se había hecho más profundo a medida que pasaban los años.

Hasta entonces había asumido que Zahir la trataba con extrema cortesía a causa de su edad, pero con dieciocho años ya era oficialmente adulta. Al menos para los estándares norteamericanos con los que ella había crecido.

Se encontraban en una cena oficial, a la que por primera vez acudían como pareja. Angele creyó que era el momento perfecto para besarse por primera vez y había acorralado a Zahir en el patio con tanta determinación como le permitió su timidez natural y no haber sido agraciada con la belleza de su espectacular madre.

Con el corazón desbocado, había alzado el rostro hacia Zahir, había clavado la mirada en sus ojos grises y, asiéndose a sus musculosos bíceps, le pidió que la besara.

No había dudado que el hombre que iba ser su marido, cumpliría sus deseos. Pero tras esperar unos segundos que se le hicieron interminables, tan sólo recibió un beso en la frente.

«¿Zahir?», había dicho, abriendo los ojos. Y él, separándola suavemente de sí, se había limitado a contestar: «Todavía no ha llegado el momento, *ya habibti*. Eres una niña».

Mortificada, ella había asentido al tiempo que pestañeaba para contener las lágrimas. Él le había dado una palmadita en el brazo, diciendo: «Tranquila, *ya habibti*. Nuestro momento llegará». Y mientras volvían a la recepción, ella se había consolado con el hecho de que la hubiera llamado dos veces «querida».

Angele soltó una amarga carcajada al tiempo que las lágrimas le nublaban la vista. Había cumplido veintitrés años y seguía esperando a que Zahir se diera cuenta de que ya no era una niña.

De no haber visto aquellas fotografías, quizá no se habría dado cuenta de que ese día nunca llegaría. Se concentró de nuevo en ellas, extendiéndolas sobre el escritorio. Ya las había contemplado con anterioridad, pero en aquella ocasión quería empaparse de ellas y no poder negar la evidencia y lo que representaban.

Zahir no pensaba que aquella mujer fuera una niña. No. Elsa Bosch era todo lo que un hombre podía soñar en una mujer: espectacularmente guapa, voluptuosa y experimentada. Angele se estremeció al pensar que ella no era ninguna de esas tres cosas.

No estaba segura de que el honor de Zahir pudiera verse manchado por su relación con la actriz alemana puesto que su compromiso seguía sin haberse anunciado oficialmente y él la trataba más como a una prima distante que como a una novia.

Ella había permitido que su propio amor y la seguridad de que compartirían el futuro dieran pie a toda una serie de fantasías que no tenían ninguna base real. Había creído que Zahir llegaría a darse cuenta de que ya no era la niña con la que lo habían prometido en matrimonio.

Había esperado diez años. Diez años. Una década durante la que no había salido con nadie y en la que ni siquiera había acudido a la fiesta de graduación porque se consideraba prometida.

Había tenido amigos en la universidad, pero nunca se había comportado con ellos más que como una compañera de estudios. Y había asumido que, de la misma manera, Zahir ocupaba su tiempo con sus responsabilidades, su familia, sus amigos... desde luego, no con una mujer.

Al contrario que su padre, Zahir había sido muy discreto con su relación. Pero aquellas fotografías eran la prueba de que la tenía. Y aunque, igual que cuando recibió las de su padre, habría supuesto que su dolor debía ser igual de profundo, la realidad era que se sentía vacía.

Al contrario que en aquella ocasión, la persona que enviaba las fotografías de Zahir exigía dinero a cambios de no venderlas a un periódico sensacionalista.

Que Zahir tuviera una relación con una mujer que había actuado en una película porno era lo bastante escandaloso como para que las dos familias reales de Jawhar y Zohra se vieran afectadas. Y aunque tras documentarse, Angele había averiguado que la actriz se comportaba con discreción, no era una compañía apropiada para el heredero. Sin embargo, Elsa era la mujer que él había elegido.

Las fotografías trasmitían pasión y felicidad. Angele nunca había visto a Zahir tan sonriente ni tan relajado.

El amor podía mantener a una mujer amarrada a un conquistador, pero a otra mujer, de más carácter, podía darle el valor de dejar en libertad al hombre al que amaba.

Mirando aquellas fotografías, Angele tuvo el convencimiento de que no consentiría que Zahir cumpliera un contrato firmado entre hombres que ni siquiera se habían planteado si las dos personas implicadas se amaban o no.

El amor que sentía por él le exigía mucho más.

Y la ausencia de amor que él sentía por ella la obligaba a liberarlo.

Capítulo 1

CON EL corazón pesado, Zahir escuchó con envidia a su hermano Amir repetir sus votos de matrimonio. Su voz se quebró al prometer no sólo fidelidad y amor eterno la novia, Grace, cuyos ojos chispeaban al contemplar, fascinada, a su futuro esposo. Su voz también tembló al devolverle la promesa de amor.

Amor. Sus dos hermanos lo habían encontrado en mujeres de rango inferior, pero él, como heredero al trono, no tenía la libertad de elegir.

Zohra y Jawhar habían elegido a su futura esposa hacía una década.

Zahir deslizó la mirada por su padre, el rey del pequeño país de Oriente Medio, y por su emocionada madre antes de llegar a la mujer con la que algún día se casaría. Aunque no compartían lazos de sangre, Angele bin Kemal recibía trato de sobrina por parte del rey de Jawhar.

Aunque sus miradas se encontraron, ella desvió inmediatamente la suya hacia la pareja que celebraba la boda.

Zahir era consciente de que lo evitaba, pero tal y como habían transcurrido los últimos meses, no le extrañó.

Desconcertando a todos los implicados, la mujer que algún día sería su esposa se había negado a participar en la organización de la boda. Aduciendo que no era familiar ni del novio ni de la novia, había rechazado todas las peticiones de la madre de Zahir y de Grace.

Zahir había interpretado sus negativas como una forma de presionar para que el compromiso se formalizara. Debía de estar cansada de esperar, y después de los sucesos del mes anterior, también él era consciente de que debía cumplir con su deber.

Además, el padre de Angele había cumplido con su parte del trato y hacía tiempo que su comportamiento era intachable y que los tabloides habían perdido interés en él.

Después de que su madre le dijera que Angele estaba destrozada por las constantes infidelidades de su padre y que no le hablaba desde hacía más de un año, Zahir había decidido intervenir. Kemal formaría parte de su familia en el futuro y no podía consentir que los avergonzara con su falta de discreción. Así que había hablado con él, diciéndole que no se casaría con una mujer cuyo padre ocupaba tantas páginas de la prensa sensacionalista como una estrella del rock.

Kemal se había tomado la amenaza en serio, se había reconciliado con su esposa y hacía casi cinco años que no protagonizaba ningún escándalo, demostrando con ello que se tomaba el futuro de su hija más en serio que sus propias promesas.

Zahir reprimió la sonrisa de desprecio que esos pensamientos hicieron aflorar a su boca. Él nunca se comportaría de aquella manera, aunque su matrimonio no fuera por amor.

Sospechaba que Angele, al contrario que su madre, no toleraría ese tipo de comportamiento. La nueva determinación de que había dado muestra había hecho crecer sus esperanzas, ya que no quería atarse a una mujer dispuesta a ser humillada.

Pero aparte de la curiosidad que despertaba en él aquella prometedora faceta de su personalidad, la paciencia de Zahir había ido alcanzando el límite a medida que avanzaba la celebración de la boda. Angele había llevado su testarudez a límites insospechados, negándose incluso a aparecer en las fotografías oficiales.

—Vamos, mi pequeña princesa, ya has dejado claro lo que piensas —el rey Malik de Jawhar le había dado una palmada en la espalda, dejando entrever con sus palabras que interpretaba su comportamiento de la misma manera que Zahir.

Angele sonrió a su tío aunque sus ojos no se iluminaron y sacudió la cabeza.

—Las fotografías oficiales son para la familia, no para los amigos.

Zahir había fruncido el ceño, desconcertado. Era la primera vez que Angele rechazaba una invitación del rey.

—Tú eres prácticamente familia —había dicho éste, consciente de que Angele era lo bastante inteligente como para entender lo que quería decir.

Pero ella se había limitado a sacudir la cabeza y se había dado la vuelta para marcharse.

Zahir alargó la mano para detenerla, pero la bajó inmediatamente, alarmado por lo que había estado a punto de hacer. No estaban prometidos oficialmente y tocarla en aquellas circunstancias habría sido completamente inapropiado. Como futuro rey de Zohra, Zahir siempre actuaba de acuerdo a la etiqueta. Al menos en público.

También su «inapropiado» comportamiento había llegado a su fin aunque todavía se sintiera un idiota por haber anhelado aquello que no podía tener: una vida de amor y felicidad como la que sus hermanos estaban construyendo.

El rey Malik rió.

—Ha dejado de ser una niña para convertirse en una mujer de carácter, ¿no te parece?

Zahir no pudo negarlo. También era la primera vez que veía a Angele vestida de una manera tan seductora. Y tenía que reconocer que lo había fascinado.

Acostumbrado a apenas fijarse en ella, a Zahir le había desconcertado sentirse excitado al verla llegar. Se había aclarado el cabello oscuro con unos leves reflejos y lo llevaba recogido en un moño que dejaba a la vista su delicado cuello y la suave curva de sus hombros; su vestido color melocotón no tenía nada de recatado, sino que caía pegado a sus curvas y le quedaba por encima de las rodillas, de manera que con unas sandalias de tacón, estaba casi tan alta como su madre y, aunque no tuviera la espectacular belleza de ésta, era, en cambio, mucho más sexy.

Junto con el hecho de que su nueva personalidad lo intrigaba y que le había sorprendido que se negara a tomar parte en la organización de la boda, aduciendo que no había crecido en el estricto círculo del palacio real de Jawhar, Angele había conseguido despertar su libido.

Aunque su matrimonio, al contrario que el de sus hermanos, no tuviera como base el amor, al menos no sería una anodina unión de dos personas sumisas.

Por lo que a él concernía, el amor había perdido su valor. Pasión y curiosidad eran todo lo que quería.

–¿No te ha parecido una boda preciosa?

Angele sonrió a su madre con melancolía.

–Desde luego, gracias al amor que sienten Amir y Grace.

–Me ha recordado a mi boda con tu padre –dijo Lou-Belia con un suspiro–. Estábamos tan enamorados.

–No creo que Amir y mi padre se parezcan.

Lou-Belia frunció el ceño.

–Sabes que Kemal ha cambiado.

Angele lo sabía, pero no estaba particularmente entusiasmada con la idea de un hombre que, tras dos décadas engañando a su mujer, se transformaba en un marido modélico cuando su única hija se enfrentaba a él.

Eso no impedía que estuviera encantada por su madre. Cada vez pasaban más tiempo juntos e incluso vivían en el mismo domicilio. Su padre trataba a su madre muy afectuosamente. Pero a Angele le indignaba que sólo hubiera cambiado de comportamiento después de pelearse con él y de que le dejara de hablar durante un año porque, ¿en qué lugar quedaba entonces el amor que sentía por su esposa?

Su padre había pedido a su madre que lo perdonara y Kemal y Lou-Belia parecían haberse reconciliado definitivamente.

–¿Así que el pasado no existe? –preguntó a su madre.

–Lo he olvidado por el bien del futuro –Lou-Belia sonrió a Angele con desaprobación–. Han pasado casi cinco años, *menina*.

Pequeña. Angele no era una niña desde hacía mucho tiempo, pero ni su madre ni Zahir parecían haberse dado cuenta.

Dio un afectuoso abrazo a su madre.

–Eres una mujer buena y comprensiva, mamá. Te quiero –dijo.

Al tiempo que pensaba: «Pero no quiero ser como tú». Y con esa determinación fue en busca del hombre que algún día sería rey.

Unos minutos más tarde, se coló en el despacho de Zahir por la puerta entornada. No lo había visto en la fiesta posterior a la ceremonia y supo que lo encontraría allí.

–¿Evitando tus responsabilidades, príncipe Zahir? –preguntó, cruzándose de brazos–. ¿Qué pensaría tu padre?

La habitación era tan masculina, exuberante e imponente como Zahir, si bien las piezas de arte y los muebles antiguos dejaban vislumbrar una excepcional apreciación de la belleza, de la que pocas personas eran conscientes excepto ella. Quizá porque, aunque él apenas le hubiera prestado atención, ella llevaba años observándolo y lo conocía mejor que muchos.

De hecho, seguía asombrada de no haber descubierto por sí misma el secreto que le había sido revelado hacía meses y había decidido que sólo podía deberse a que estaba cegada de amor, lo cual en lugar de servirle de consuelo sólo le hacía sentir aún más estúpida.

Era una virgen de veintitrés años sin perspectivas de futuro y sólo ella tenía la culpa por haberse aferrado a cuentos de hadas sin base real. Debía haberle bastado el matrimonio de sus padres para saberlo.

Zahir alzó la mirada de unos papeles que tenía en el escritorio y por una fracción de segundo sus ojos grises se dilataron. Se puso en pie al instante alcanzando su impresionante estatura. Llevaba la toga y el tocado propios de un jeque heredero del trono sobre un traje occidental de corte exquisito.

–Princesa Angele, ¿qué haces aquí?

Siempre la llamaba «princesa» aunque no lo fuera, porque era el apodo que su padrino, el rey Malik, siempre usaba para referirse a ella y había acabado siendo la forma en que muchos la nombraban.

El que Zahir no la llamara solamente por su nombre, como habría hecho el hombre que iba a ser su marido, la irritaba.

Él miró por encima de su hombro asumiendo que estaría acompañada por una carabina, pero ella se había encargado de dejar en el banquete a su madre y a cualquier otra persona que pudiera velar por su virtud. Cerró la puerta y el sonido del pestillo al cerrarse se amplificó en el silencio.

–¿He olvidado que tuviéramos una cita? –preguntó él, perplejo, aunque no pareció inquietarse–. ¿Debía haberte escoltado a la mesa?

–No necesito que nadie me acompañe a la mesa –ella misma había solicitado que los sentaran en mesas separadas–. Sé lo de Elsa Bosch.

No había planeado que ésa fuera su frase inicial, pero ya no podía dar marcha atrás. Había hecho ya dos pagos al chantajista, pero a partir de aquel fin de semana, ya no se sentiría responsable de la reputación de Zahir, así que el fotógrafo tendría que buscar otra fuente de ingresos.

Zahir hizo un gesto de indiferencia y Angele sospechó que pensaba en la fotografía que se había publicado de él en una revista del corazón la semana anterior, almorzando con su amante en París.

Pero por comparación con las fotografías que ella había visto, la imagen de ellos dos sentados frente a frente era una nadería. Aun así, el mero hecho de que Zahir fuera «amigo» de la actriz había dado lugar a numerosas especulaciones y a un leve escándalo.

También cabía la posibilidad de que el gesto de Zahir se debiera a que le irritaba que su modosa casi prometida, sacara el tema. Después de todo, llevaba años trabajando en trasmitir la imagen perfecta de una futura reina.

Lo que Zahir no sabía, era que aquella Angele se había convertido en cenizas en su despacho de Estados Unidos.

—Ése es un tema que no debe preocuparte.

Angele sintió un dolor que ya no se creía capaz de sentir después de lo que había pasado. Había esperado que Zahir reaccionara con rabia, con desdén, incluso con violencia. Pero no restándole importancia, como si ella no tuviera nada que decir sobre las mujeres con las que él compartía su vida mientras a ella ni siquiera la rozaba.

Pero eso iba a cambiar. Ella sabía lo bastante como para intuir que el sexo era maravilloso, y estaba decidida a dejar de ser completamente inexperta. Aquella misma noche.

Haber descubierto que Zahir se parecía más a su padre de lo que nunca hubiera imaginado había estado a punto de disuadirla, pero por algún extraño motivo, había terminado por convertirse en un acicate para hacer lo que se proponía.

–Los dos salíais muy favorecidos en la fotografía.

Zahir dio un paso hacia ella.

–Escucha, princesa...

–Me llamo Angele.

–Lo sé.

–Prefiero que uses mi nombre –al menos por aquella noche, Angele quería que la viera como una persona de carne y hueso–. No soy princesa.

Y nunca lo sería. Ni siquiera era la niña de ojos brillantes, loca de felicidad por el anuncio de su futuro matrimonio. Los últimos diez años no sólo la habían convertido en una adulta, sino que habían representado un choque con la realidad.

El hombre al que había amado durante años, y al que, si creía a su madre, seguiría amando hasta la muerte, tenía tantas ganas de casarse con ella como de bailar desnudo en la siguiente boda real. Quizá incluso menos.

–Angele –dijo él, como si hiciera una gran concesión–. La señorita Bosch no es un tema que debamos tratar.

Zahir estaba completamente equivocado a muchos niveles, pero Angele no estaba allí para enumerar sus errores. Así que no lo hizo.

–En la fotografía sonreías y parecías feliz.

A ella nunca le había mirado con el afecto que le dedicaba a la actriz alemana.

Zahir la miró como si hubiera hablado en una lengua distinta a cualquiera de las cinco que dominaba con fluidez.

–He leído que has roto con ella –Angele había pasado de no saber nada de la vida social de su prometido a convertirse en una experta.

–Así es.

–Porque os fotografiaron juntos...

Zahir frunció el ceño pero asintió con la cabeza.

–Sí.

Angele sintió lástima por Zahir, por sí misma e incluso por Elsa Bosch. ¿Habría sido consciente de que era tan fácil prescindir de ella? Por otro lado, cabía la posibilidad de que fuera ella quien estaba extorsionándola. Cualquiera que fuera la situación, Elsa no era el tema que le importaba, y Angele sabía que no debía olvidarlo por más que las imágenes de ella y Zahir le quemaran la retina.

Se separó de la pared y se aproximó a unas estatuillas expuestas en una vitrina. Su favorita era la de un jinete beduino sobre un caballo tallado en madera, que parecía a punto de partir al galope. Pero se fijó en un pieza nueva: la de otro beduino con el traje tradicional que miraba en la distancia con una expresión tan triste que le encogió el corazón.

–¿Cuándo has comprado ésta?

–Es un regalo.

–¿De quién? –el silencio de Zahir sirvió de respuesta–. Elsa, ¿verdad? –Angele se volvió hacia Zahir–.Te conoce bien –dijo, evitando sentirse herida.

–No voy a mentirte. Nuestra relación duró años, no días.

Angele no supo cómo interpretar su tono; y que hablara en pasado no la apaciguó.

–Lo suponía –las fotografías que había recibido se correspondían a distintas épocas. Quizá alguien que no lo hubiera observado tanto como ella no lo habría apreciado, pero para Angele era evidente.

–Los tabloides publican basura. Me sorprende que los leas.

Angele no respondió a la provocación ni contestó a la pregunta implícita sobre el origen de su información. Se limitó a decir lo único que resultaba imprescindible.

–No quieres casarte conmigo.

–Pienso cumplir con el deber que me impone mi rango –lo que era más una confirmación a las palabras de Angele de lo que Zahir probablemente había pretendido.

–Algún día serás un magnífico rey –ya era un gran político–. Pero no me has dado una respuesta directa, y has preferido ignorar que yo no te he hecho ninguna pregunta.

–Si todo esto se debe a una relación ya terminada con Elsa Bosch, te recuerdo que todavía no estamos oficialmente prometidos.

–¿Se supone que debo interpretar eso como que una vez que lo estemos no me serás infiel?

Zahir frunció el ceño y por primera vez desde que había empezado la conversación, Angele percibió su enfado.

–Por supuesto que no.

–Permite que lo dude.

–No seas ridícula prin... Angele. No soy tu padre.

–Tienes razón –y Angele no estaba dispuesta a comprobarlo–. En realidad esto tampoco está relacionado estrictamente con Elsa Bosch.

Porque de lo que estaban tratando era del amor; de amar lo bastante a alguien como para darle la libertad. Pero sonaba tan cursi que no se atrevió a pronunciar las palabras. Y además estaba unido a la idea de que también ella merecía ser amada plenamente por el hombre con el que compartiera su vida.

Por la expresión del rostro de Zahir, supo que no la creía, y que buscaba las palabras adecuadas para tranquilizarla porque no era consciente de que le iba a resultar imposible porque no había nada que pudiera decir para hacerle cambiar de idea.

Una vez más, era la hora de la verdad.

–Tus hermanos han encontrado la felicidad mientras que tú estás atrapado por una promesa hecha entre dos hombres con demasiado poder y ninguna comprensión de las consecuencias que pueden llegar a tener sus planes dinásticos.

–No me siento atrapado. Ya era adulto cuando se selló ese acuerdo –era verdad. Tenía veinticuatro años y un alto sentido del deber–. Elegí mi futuro.

Un hombre de su personalidad tenía que convencerse a sí mismo de que era su decisión porque no estaba en su naturaleza aceptar las restricciones impuestas por otros. Era un beduino de corazón, pero con el sentido de la responsabilidad de un miembro de la realeza.

–No quieres casarte conmigo –repitió Angele–. Y no pienso obligarte a hacerlo por deber.

Como no estaba dispuesta a comprometerse a un matrimonio tan infeliz como el que había sido durante años el de sus padres.

Zahir la miró con los ojos entornados.

–Lo que dices no tiene ningún sentido.

–Llevamos diez años prometidos, Zahir. Si hubieras querido casarte conmigo, llevaríamos tiempo casados y viviendo en el palacio –al menos estarían comprometidos oficialmente.

–No se han dado las circunstancias adecuadas.

Angele había oído esa excusa con anterioridad y la había creído. Primero, era demasiado joven, luego, la salud del padre de Zahir se había visto debilitada; a continuación Khalil y Jade se habían casado y según Zahir no habría estado bien robarles el protagonismo. La misma excusa sirvió cuando Amir y Grace se prometieron. A lo largo de diez años, o al menos cinco, si sólo tenía en cuenta su mayoría de edad, no había habido un momento adecuado para anunciar su compromiso y mucho menos, para casarse. Y nunca se casarían si tenían que esperar que Zahir quisiera celebrar la boda. Aunque como príncipe heredero acabaría por aceptar su deber. Sin embargo, puesto que ella constituía la otra mitad de aquel acuerdo, no consentiría que se llevara a cabo. Olvidar sus sueños había sido aún más doloroso que ver las fotografías de Zahir besando a Elsa. La felicidad que había atisbado en su rostro le había roto el corazón, que seguía sangrando.

Por eso no podía concebir un futuro sabiendo que

no era la mujer con la que quería vivir su marido. Desde el momento en que concibió el plan que estaba poniendo en práctica, una faja de hierro le había acorazado el pecho para impedir que siguiera sintiendo tanto dolor.

Pero algún día el dolor iría mitigándose. Y cualquier cosa era mejor que ver cómo el hombre al que amaba buscaba la felicidad en los brazos de otras mujeres o pasaba con ella sólo el tiempo necesario que dictaba el deber de estado.

Había tomado la decisión definitiva cuando Amir anunció su boda después de que Lina, la hija de otro jeque poderoso, se había negado a aceptar un compromiso oficial, dejándolo libre para casarse con la mujer a la que amaba

Tal y como Angele le había dicho a su madre, el amor entre Amir y Grace había hecho que la ceremonia fuera hermosa. Lo que no había comentado era la expresión de envidia que había visto reflejada en el rostro de Zahir.

El valor de Lina había contagiado a Angele; y la felicidad de Amir había afianzado su determinación. Zahir se merecía la oportunidad de experimentar una felicidad como la de su hermano, y ella no sería quien se lo impidiera.

–Zahir, siempre te he considerado un hombre de gran integridad –su relación con Elsa no le había hecho cambiar de opinión.

Era verdad que no estaba prometido oficialmente y él nunca le había mentido, puesto que ella nunca le había preguntado nada. Pero ya no estaba tan segura de que no fuera a tener amantes después de casados.

–Lo soy.

–¿Estás enamorado de mí? –había llegado la hora de las preguntas directas.

Zahir no se inmutó.

–Nuestra unión no está basada en el amor.

–Lo sé. Pero por favor, contesta sí o no.

–No entiendo por qué lo preguntas.

–No pretendo que me entiendas. Responde, por favor.

–No.

Angele dudó de que fuera una respuesta a la pregunta o una negativa a contestar, pero supo que era una contestación al ver la lástima que se reflejaba en los ojos de Zahir al darse cuenta de que ella albergaba sentimientos que él no correspondía.

A pesar de que lo sabía, una puñalada atravesó el corazón de Angele al oírlo de sus labios.

–Eso era lo que pensaba –logró decir.

–El amor no es necesario en un matrimonio como el nuestro.

–No estoy de acuerdo. No pienso casarme con un hombre que no confía en amarme.

–Yo...

–Si no has descubierto nada en mí a lo largo de diez años que te haga pensar que puedes amarme, no creo que vayas a encontrarlo ahora.

De hecho, estaba tan convencida que estaba a punto de tomar una medida desesperada.

–Tienes todas las cualidades de una futura princesa y reina.

«Pero no de la mujer a la que amas». En lugar de pronunciar aquellas palabras, Angele dijo:

–Te mereces la felicidad que han alcanzado tus hermanos.

–No es mi destino.

La tácita confirmación de Zahir volvió a atravesarle el corazón, pero Angele se mantuvo firme. Tenía un plan que acabaría por beneficiar a ambos.

–Puedes cambiarlo.

–No pienso dar la espalda a mi deber –dijo Zahir en tono de censura por tan siquiera insinuarlo.

–Pero yo sí.

Capítulo 2

ZAHIR recibió aquellas tres palabras como un número igual de puñetazos. Mientras que había esperado que Elsa lo traicionara por no poder proporcionarle el compromiso de futuro que esperaba de él, siempre había considerado a Angele una mujer plenamente consciente de sus deberes de estado.

—Bromeas —dijo, mirándola fijamente en busca de señales de embriaguez, pero las pupilas de Angele no estaban dilatadas, y aunque tenía las mejillas sonrosadas, el tema del que hablaba lo justificaba.

—En absoluto —Angele miró la estatuilla del beduino y alargó la mano para tocarla—. No pienso arrastrarte a un matrimonio con una mujer a la que no amas.

—¿Y tú esperas ser amada por tu marido?

¿Quién le habría inculcado unas ideas tan románticas?

—Sí.

—Pareces olvidar la importancia del deber familiar y de estado.

Una llamarada brilló en los oscuros ojos de Angele.

—Precisamente el sentido del deber de mi madre es lo que me lleva a no querer seguir adelante con esta farsa.

–Unir las casas reales de Zohra y Zawhar no es ninguna farsa.

–Por muy indulgente que sea el rey Malik con mi padre, yo no pertenezco a la casa real de Jawhar.

Angele tenía razón. Kemal pertenecía a una de las familias más influyentes de Jawhar y había sido acogido en la familia real al morir sus padres. Así que, aunque había sido educado como un hermano más de Malik, no tenían vínculos de sangre.

–No creía que eso te importara.

–Y no me importa.

–Pero lo mencionas como una razón para no mantener tu compromiso.

–Yo no he aceptado ningún compromiso. A los trece años me dijeron que un día me casaría contigo.

No era más que una niña y Zahir había sentido lástima de ella.

–Pero nunca te has quejado.

–Porque creía en cuentos de hadas y he tardado mucho tiempo en darme cuenta de que no son reales.

Sueños de amor. ¿Cómo no se había dado cuenta de que ellos no podían permitirse ese lujo?

–Debes reflexionar.

–Zahir, te estoy devolviendo la libertad –la voz de Angele se tiñó de impaciencia–. En lugar de intentar hacerme cambiar de idea, deberías limitarte a darme las gracias.

¿De verdad creía que le hacía un favor? Zahir lo dudaba.

–Avergonzaremos a nuestras familias.

–Por favor, Zahir, todavía no se ha hecho el anuncio oficial.

–Pero todo el mundo lo asume.

–Y qué –Angele se encogió de hombros–. Quien-
quiera que cuente con ello se verá desilusionado.

–Como mi padre o el hombre al que llamas «tío».
Los humillaremos.

La mirada que le digirió Angele dejó claro que no
la impresionaba con aquel dramático augurio.

–Puede que los desilusionemos, pero no tanto
como si nos divorciáramos.

–¿Por qué íbamos a divorciarnos? –Zahir sabía
que no la conocía bien, pero nunca había pensado que
fuera tan pesimista–. No te comprendo.

–Zahir, ¿de verdad puedes decirme que no sientes
una punzada de esperanza en este momento, que no
te sientes aliviado a pesar de que intentas conven-
cerme de que no haga lo que en el fondo estás deseando?

Zahir se quedó sin habla al darse cuenta de que
Angele verdaderamente creía que le estaba haciendo
un favor, que creía que debía estarle agradecido por
anunciarle que iba a romper su palabra. Intentó adivinar qué le habría hecho llegar a una conclusión tan
equivocada, pero no lo consiguió. No podía pensar
en ninguna razón lógica.

Angele hundió los hombros en un gesto con el que
quedó de manifiesto que no estaba tan segura de sí
misma como intentaba aparentar.

–Tu silencio es más significativo que tus palabras.
Yo asumiré toda la responsabilidad de cara a nuestras
familias y a la prensa. Sólo tengo una condición.

Zahir dio varios pasos hacia ella.

–¿Cuál?

.

–Quiero pasar una noche en tu cama y tener la noche de bodas que ya no celebraremos.

Si lo había sorprendido hasta entonces, aquella petición dejó a Zahir atónito.

–¿Por qué? –preguntó al tiempo que intentaba comprender por qué la modosa princesa se ofrecía, o más bien, le exigía, que cumpliera algo que no debería producirse hasta después de la boda.

–Quiero que seas mi primer hombre.

Eso era lo lógico.

–Pero no quieres casarte conmigo.

¿Qué sentido podía tener aquella petición?

–¿Querías casarte con Elsa Bosch?

Zahir había creído a veces que sí. Igual que pensaba estar enamorado. Pero siempre había sabido que no eran más que fantasías. Pronto había descubierto que no sólo su carrera profesional la hacía inapropiada como futura reina de Zohra.

–Ni siquiera me lo planteé.

–Pero mantuviste relaciones con ella

Aquellas palabras en los labios de Angele incrementaron su desconcierto. Había llegado el momento de dar por terminada la conversación.

–Eso es algo de lo que no pienso hablar contigo.

–No es una pregunta, es una mera observación.

–Esto es absurdo.

–Lo que es absurdo es que dos personas se casen en pleno siglo XXI por obligación.

Su educación norteamericana debía de ser la causa de aquella actitud.

–Un día seré rey y la mujer que esté a mi lado

debe ser la adecuada. El amor no tiene nada que ver con las obligaciones que debemos cumplir.

–Dices la palabra amor como si fuera algo sucio.

Zahir se encogió de hombros. En su experiencia personal se trataba de un sentimiento más doloroso que placentero.

–Tus hermanos han encontrado el amor –añadió Angele.

–Ninguno de los dos va a heredar la corona –ni habían recorrido un camino fácil hasta encontrarlo.

Zahir no tenía ningún interés en seguir sus pasos puesto que ya se enfrentaba a suficientes retos para ser líder y servir a su gente.

–Tu padre no usa corona.

–No hagas juegos de palabras. Esto es demasiado importante. Creía que conocías tus deberes.

–Mi principal deber es conmigo misma, y no estoy de acuerdo con que un país vaya a descarrilar porque su líder busque la felicidad.

–¿Y crees que romper un compromiso es honorable?

–No estamos prometidos.

–Como si lo estuviéramos.

–¿De verdad lo crees? –preguntó Angele como si la respuesta fuera de gran importancia.

–Sí.

Angele miró a Zahir con tristeza.

–Lo siento.

–¿Vas a entrar en razón?

–No –dijo ella con vehemencia.

Y de pronto Zair creyó comprender. Angele temía que no fueran compatibles en la cama, y tenía motivos para estar preocupada. En cierto sentido tenía razón: no eran una pareja decimonónica que tuviera que llegar virgen al matrimonio. Ni siquiera la novia.

Había pasado la vida en Estados Unidos, rodeada de una cultura que desmitificaba el sexo y que a menudo lo glorificaba. Él nunca se había insinuado porque, a pesar de lo que acababa de decir, nunca habían estado oficialmente comprometidos. Primero porque la había considerado demasiado joven, y después, por su relación con Elza. Una relación abocada al fracaso desde el principio, pero que le había permitido escapar brevemente de las ataduras de sus responsabilidades diarias. Él había creído estar enamorado de ella hasta que había averiguado que no era su único amante. Y todavía seguía furioso por haber dado tal muestra de vulnerabilidad.

En el proceso, había desatendido a la mujer con la que iba a casarse.

Angele sacudió la cabeza mirándolo fijamente.

–Deja de pensar en cómo hacerme sentir culpable para que cambie de idea porque no vas a conseguirlo.

–Ya veo que no.

Angele necesitaba la confirmación de que su relación no sería desapasionada. Y aunque hasta entonces él no había hecho nada por demostrarle lo contrario, en aquel momento, al sentir su sexo endurecerse, estaba seguro de que no tendría ningún problema en darle pruebas de la pasión que buscaba.

–Quieres acostarte conmigo.

Angele se estremeció, pero mantuvo la cabeza erguida.

–No creo que una noche de sexo sea un sacrifico

desmesurado a cambio de tu libertad –dijo, ahogando con palabras su inseguridad.

Zahir lo interpretó así, pero además comprendió que Angele consideraba un regalo pasar una noche en su cama. Y entonces fue consciente de algo que le hizo sentirse halagado y que despertó su compasión a partes iguales.

–Estás enamorada de mí.

Zahir siempre había sabido que le gustaba, pero nunca había pensado que se tratara de nada más profundo que el sentimiento de admiración de una jovencita, y descubrir la profundidad de sus sentimientos lo dejó perplejo. El amor podía ser doloroso, pero ella no tenía nada que temer, porque él no la traicionaría como Elsa lo había traicionado a él.

–¿Cuándo lo dedujiste? ¿Tras el torpe intento de besarte cuando cumplí dieciocho años o al saber que no he salido con ningún hombre a pesar de que nunca hemos oficializado nuestra relación?

Zahir no se molestó en indicarle que, si estaba enamorada de él no tenía sentido que rechazara el acuerdo familiar, porque a aquellas alturas estaba convencido de que en realidad no era lo que deseaba, sino que necesitaba que le diera pruebas de que su relación era posible.

Tampoco se molestó en decirle que su supuesto amor se basaba en una relación platónica. ¿Cómo podía amarlo si no lo conocía de verdad?

Pero lo cierto era que ella creía amarlo y eso justificaba el dolor que sentía.

–Discúlpame por no haber sido consciente de tus

sentimientos. Sé que el amor puede ser un sentimiento doloroso.

–¿Crees que no lo sé? –preguntó Angele con incredulidad. Luego palideció, horrorizada–. ¿Quieres decir que estabas enamorado de ella?

Por primera vez en su vida, Zahir tuvo la tentación de mentir abiertamente, pero su honor no se lo permitió.

–Da lo mismo. Elsa Bosch y yo hemos terminado.

–Pero ¿la amabas?

–No es algo de lo que debamos hablar.

Elsa era el pasado, mientras que Angele representaba el futuro.

–No hace falta. Las fotografías lo demuestran. Pensé que no era posible, porque ya era bastante doloroso ver lo relajado y feliz que parecías con ella.

–¿Has deducido todo eso de una fotografía?

–No. Pero eso es algo de lo que tampoco yo quiero hablar contigo.

No. Era evidente que lo que necesitaba en aquel momento eran pruebas de que podía llega a sentir algo por ella y él habría estado encantado de dárselas, pero...

–No podemos abandonar el banquete nupcial de mi hermano.

–¿Por qué no? Tú lo has hecho.

–Tenía que ocuparme de algunos asuntos para que mi padre pudiera atender la fiesta.

–Siempre te sacrificas por tu familia.

–Y lo considero un privilegio.

–Te creo.

–Porque es verdad.

–Eres un hombre increíble.

–Y tú me amas –Zahir no pensaba volver a exponerse a ese sentimiento, pero protegería el de Angele. Era su deber.

Y él siempre cumplía con su deber.

–La celebración de la boda durará hasta el amanecer. No es el mejor momento para compartir nuestros cuerpos por primera vez.

–¿Qué sugieres?

–¿Vas a quedarte en el país los tres próximos días?

–Sí, permaneceré aquí mientras duren los festejos.

A pesar de negarse a participar en la organización, su familia había acudido al palacio días antes de la boda. Zahir apenas la había visto porque había estado ocupado con sus obligaciones de estado.

–Me ocuparé de organizar tu última noche aquí. Ese día no hay ningún acontecimiento oficial después del desayuno –le ofreció el brazo–. Y ahora, creo que debemos volver junto a los demás invitados.

Angele le tomó el brazo con dedos temblorosos que delataban la tensión que sentía, y dejó que la guiara fuera del despacho.

Transcurridas dos noches, se dijo Zahir, le demostraría que no tenía nada que temer.

A pesar de que el sol se había puesto hacía más de una hora, las baldosas de la terraza seguían calientes bajo los pies de Angele. Se había quitado los altos tacones que había usado durante la última fiesta de celebración de la boda de Amir y Grace, pero llevaba puesto el vestido ceñido de seda que había lucido y a causa del cual sus padres habían discutido porque su padre lo consideraba inapropiado. Finalmente, Lou-Belia había ganado y Angele había acudido a la fiesta con él. La mirada con la que Zahir la había recibido había valido la pena, sus ojos habían brillado de puro deseo sexual y Angele había descubierto su mirada ardiente tantas veces posada sobre ella a lo largo de la velada que había ansiado que llegara a su fin para que finalmente se iniciara su única noche con el jeque Zahir bin Faruq al Zohra.

La fiesta había concluido y podía acudir junto a Zahir cuando quisiera. Lo único que la detenía era el vestido de apariencia inocente que había sobre la cama. Había encontrado la *galabeya* al volver a su dormitorio. El vestido de novia tradicional del país, de seda blanca y bordados de oro era propio de un cuento de *Las mil y una noches*. A su lado había una nota de Zahir:

Querida Angele: has dicho que querías celebrar la noche de bodas. Por favor, ponte este vestido que usó mi abuela en su boda. Estoy deseando verte con él... y sin él. Zahir.

El día anterior le había dicho que acudiera a él por los corredores secretos del palacio, de los que Angele nunca había sabido hasta entonces, aunque también los había en Zawhar.

Con un gran suspiro, volvió al interior del dormitorio. En la penumbra, la *galabeya* resplandecía, provocando su fascinación y su rechazo a partes iguales.

Que Zahir quisiera que llevara un vestido de novia

era perturbador, pero también formaba parte de su fantasía. Por qué entonces dudaba. La *galabeya* era una prenda maravillosa y las babuchas a juego, de una exquisita elegancia. Además de ser de su talla. ¿Cómo la habría adivinado Zahir?

Una voz interior la advirtió de que al día siguiente pagaría por aquella noche. Pero era la única ocasión que tenía de estar con el hombre de sus sueños y no estaba dispuesta a no vivir su fantasía.

Se puso la *galabeya*, estremeciéndose al sentir el sensual roce de la seda, y eligió un conjunto de ropa interior de encaje blanco en lugar de la ropa íntima tradicional. Después de todo no se trataba de una boda de verdad, sino de una noche de seducción, aunque ya no estaba segura de quién seducía a quién, puesto que Zahir ya no mostraba la reticencia que había manifestado inicialmente.

Quizá su cambio de actitud se debía a que su relación con Elsa había terminado. Pero tampoco debía olvidar que a cambio, ella le estaba ofreciendo su libertad y que ese objetivo podía haber incrementado su ardor, y no ella.

¿O acaso siempre se había sentido atraído por ella pero no había dado ningún paso para no adelantar la boda?

Angele prefería pensar que la segunda opción era la correcta. En cualquier caso, se negó a seguir analizando la situación, se peinó el cabello y se maquilló levemente. Al mirarse en el espejo, pensó que, de no ser por los reflejos del cabello y la ropa interior, habría pasado por una novia de siglos atrás.

No se cruzó con nadie en los pasadizos, pero oyó

una risa femenina al pasar a la altura del dormitorio de Amir. Sonó tan cerca que se ocultó en un recodo, justo a tiempo de oír pisadas en el corredor por el que acababa de pasar.

–Shhh... Recuerda que es secreto –dijo Amir en un susurro a su mujer, que seguía riendo.

–¿Cómo es posible que no haya sabido de su existencia hasta ahora?

–Porque todavía no eras mi esposa.

–Ahora lo soy –dijo Grace, insinuante.

–Desde luego que sí –dijo él con orgullo.

–¿Vamos a explorar?

–¿Prefieres eso a volver al dormitorio y celebrar nuestra boda?

–¿Tú qué crees? –siguió un silencio sólo perturbado por el rumor de besos y la respiración jadeante de la pareja. Entonces Grace añadió con voz ronca–: Tengo que reconocer que una boda de siete días está muy bien. Las novias occidentales sólo tienen una noche de bodas.

Sus voces se apagaron a medida que las pisadas se alejaron por donde habían llegado y Angele suspiró aliviada, preguntándose cómo habría podido Zahir mantener su relación oculta durante tanto tiempo, cuando a ella una sola noche la tenía en tal estado de tensión que temía quebrarse en cualquier momento.

Capítulo 3

LLEGÓ a la altura del dormitorio de Zahir sin más contratiempos y se detuvo un instante ante el panel que abriría la puerta de un falso armario que daba a la habitación. Tomó aire. Había llegado el momento que llevaba tanto tiempo esperando. Alargó la mano para abrir el panel y éste cedió fácilmente. Angele entró en una habitación iluminada por cientos de velas.

Vestido con el traje de boda tradicional, Zahir la miró con una solemnidad que la dejó sin aliento.

–Empezaba a pensar que habías cambiado de idea –Angele negó con la cabeza y él dio un paso hacia adelante, añadiendo–: Te espera tu noche de bodas. Ven.

Angele se sobresaltó cuando él alargó la mano hacia su espalda.

–Tranquila. Sólo voy a cerrar la puerta.

–¿Puede aparecer alguien? –preguntó ella, inquieta.

–Sólo la familia y algunos miembros del cuerpo de seguridad conoce los pasadizos. De todas formas, nadie puede entrar si está cerrada desde dentro.

Angele respiró aliviada.

–He visto a Amir y Grace.

Zahir se tensó.

—¿Te han visto?

—No.

—Aunque no hubiera supuesto un gran problema, prefiero que no te conviertas en motivo de especulaciones –dijo él.

Angele no estaba de acuerdo. De haber sido vista tal y como iba vestida, no sólo se habría sentido humillada, sino que no habría podido impedir que su tío la obligara a casarse.

—¿Cómo sabías que estaba en el pasadizo? ¿Hay alguna alarma?

Zahir se encogió de hombros, pero sus ojos tenían un brillo especial y la tenue luz de las velas recortaban ángulos en sus masculinas facciones que le daban un aire misterioso.

Alargó la mano y acarició la mejilla de Angele.

—Estás preciosa.

—¿No te gustaba el traje que llevaba?

—Sabes perfectamente que sí.

—¿Estás seguro?

—Desde luego que sí –Zahir deslizó la mano hasta pasarla en su nuca y tiró suavemente de ella hasta que sus cuerpos casi se tocaron–. No me había dado cuenta de que eras una pícara.

—¡Qué palabra tan antigua!

—Soy un hombre anticuado.

—¿De verdad?

—En muchos sentidos, soy muy tradicional.

Y antes de que Angele contestara agachó la cabeza y le dio el beso que ella esperaba hacía años. Y fue tan delicado y romántico como había imaginado.

Con un suspiro de placer, entreabrió los labios. Zahir introdujo la lengua en su boca y la reclamó con delicada determinación. Las manos de Angele se movieron por voluntad propia y se aferraron a su cuello, mientras su cuerpo se apretaba contra él. Zahir se estremeció y Angele notó la prueba de su deseo en la presión de su sexo contra el vientre.

Saber que la deseaba le dio el valor de devolverle el beso con una sensualidad de la que no se sabía capaz. Llevaba tantos años reprimiendo sus impulsos sexuales que la asaltaron con la fuerza de un volcán. Gimió y se frotó contra Zahir ansiando más que un beso.

Como si le leyera la mente, las manos de Zahir empezaron a explorar su cuerpo a través de la fina tela de la *galabeya*, trazando el dibujo de los bordados de la espalda hasta asirle las nalgas. Ella gimió y él dejó escapar un gruñido de aprobación al tiempo que la alzaba para dejarle sentir su firme sexo en el vértice de los muslos. Las piernas de Angele se abrieron por sí mismas hasta donde se lo permitió el vuelo del vestido, pero a Zahir no pareció importarle y con otro gemido de aprobación, se meció contra ella. El contacto de su cuerpos, a pesar de la frontera de la ropa, hizo que una corriente eléctrica recorriera a Angele. Los empujes de Zahir se aceleraron al tiempo que ella sentía que se le humedecía la entrepierna.

Nunca había sentido nada tan maravilloso; nunca se había sentido tan fuera de control y ni siquiera estaban desnudos. Angele basculó la pelvis y súbitamente la asaltó una sensación desconocida y su vientre se contrajo en una sucesión de espasmos, obligándola a presionar sus labios contra los de él como si necesitara una mayor proximidad.

Zahir respondió trasformando el beso en una experiencia salvaje y sensual. La tensión volvió a incrementarse en el interior de Angele que sintió pánico por lo desconocido de la sensación, por la necesidad de pegarse a él frenéticamente en busca de algo a lo que ni siquiera podía dar nombre.

Hasta que de pronto ese algo anónimo la atropelló con la fuerza de un vendaval que le puso todo el cuerpo en tensión mientras le arrancaba un grito contra los labios de Zahir. Un gemido se acumuló en su garganta al tiempo que estallaba de placer, antes de relajarse y estallar de nuevo.

Y después, no pudo ni respirar ni pensar; sólo sentir, aunque con una intensidad casi dolorosa que no quería dejar de experimentar.

El corazón estaba a punto de estallarle. Si Zahir podía hacerle algo así con sólo un beso, no sobreviviría a lo que la esperaba. Las sacudidas del placer fueron remitiendo, hasta que quedó completamente relajada en brazos de Zahir. Las manos que lo había asido con fuerza apenas se posaban en su cuello como una caricia.

Finalmente, Zahir rompió el beso y la irguió contra su pecho.

–Eres increíble –dijo, sonriendo. Angele sólo pudo negar con la cabeza, mientras pensaba que el increíble era él. Zahir añadió–: Hacerte el amor va a ser un placer.

Ante la mirada de incredulidad que le dirigió Angele, la miró fijamente y, depositándola sobre la cama, dijo:

–Eres la primera mujer que ha sido sólo mía, y no imaginas la satisfacción que eso me proporciona.

Angele habría querido llamarle arrogante, pero por encima de todo habría querido preguntarle qué quería decir con eso. Era lógico pensar que Elsa habría tenido otros amantes antes que él. Pero Angele no hizo ni una cosa ni otra porque era la primera vez en todos los años que lo conocía que Zahir daba una muestra de vulnerabilidad.

–Soy toda tuya –aunque sólo fuera por aquella noche.

Zahir sonrió con la sensualidad de un felino.

–Toda mía.

Aunque sonó como si se refiriera a una posesión de por vida, Angele decidió que ésa era la interpretación que sus oídos querían darle, no la verdad que se albergaba en su corazón.

–¿Vas a hacerme el amor ahora? –preguntó quedamente.

–Eso es lo que llevo haciendo desde que has entrado en la habitación.

Angele no pudo negarlo.

Zahir empezó a desnudarse, quitándose lentamente las capas que lo identificaban como príncipe heredero, hasta que se quedó completamente desnudo bajo la luz de las velas, con su perfecto cuerpo expuesto a la mirada de Angele.

Una piel algo más tostada que la de ella cubría unos músculos que Angele no hubiera esperado encontrar en un hombre que se pasaba el día en el despacho. Siempre había sabido que era fuerte, pero por primera vez creía los rumores de que ninguno de los miembros de su cuerpo de seguridad podía vencerlo en el ring.

–Pareces un guerrero beduino.

–Un hombre débil no puede liderar a su gente.

–Nunca he cuestionado tu fuerza mental.

–¿Pero sí mi fuerza física? –preguntó él, riendo.

Su risa espontánea causó a Angele el mismo placer que sus caricias. También ella rió.

–Claro que no. Sólo que...

Angele no podía apartar la mirada de su impresionante cuerpo y de su sexo que, erecto, se erguía en todo su esplendor.

–Me parece que te gusta mirar.

–A mí también.

–Pareces sorprendida.

–No estoy acostumbrada a ver hombres desnudos.

Zahir volvió a reír y a Angele no le importó que fuera a su costa.

–Espero que no –bromeó él.

–Acabo de darme cuenta de que soy vergonzosamente inocente para una mujer de mi país de adopción –Angele dudaba de que ninguna de las mujeres con las que trabajaba en una revista de moda, fuera tan inocente sexualmente.

–Eres exactamente como debes ser.

Angele sabía que era sincero, pero no pudo evitar preguntarse si, de haber sido más experimentada, Zahir habría encontrado a Elsa tan fascinante. Ahuyentó al instante ese pensamiento tan perturbador. Elsa Bosch no estaba presente y ya no formaba parte de la vida de Zahir. Y eso era todo lo que debía importarle en ese momento.

—Estoy convencido de que podría dejar que me observaras y que llegarías al orgasmo.

—¡Qué arrogante!

Zahir se encogió de hombros.

—Puede que lo sea, pero no sabes el placer que me produce que esos ojos de color chocolate me miren como si fuera el más delicioso bocado.

—No creo que encontrara a ningún otro hombre tan atractivo —a Angele no le importaba ser sincera.

Aquella noche no pensaba protegerse; ya comenzaría al día siguiente, cuando volviera a los Estados Unidos habiendo perdido la virginidad y habiendo dejado de estar prometida del futuro rey de Zohra.

—Por supuesto que no —Angele rió sintiendo que el corazón se le aceleraba ante la satisfacción de Zahir de ser visto con tan buenos ojos.

—Por supuesto.

—Como ninguna otra mujer te igualaría en mi cama.

Angele entendió que se refería al hecho de que luciera la *galabeya* de su abuela como la novia que nunca llegaría a ser. Pero en lugar de entristecerse, sonrió.

—Nunca has traído aquí a una mujer.

—Claro que no.

—Así que estás viviendo una de tus fantasías de adolescencia —bromeó ella.

—No, son mucho más recientes —dijo él, sacudiendo a cabeza.

Angele fue a decir algo pero Zahir deslizó la mano por su sexo y ella pensó que querría ser ella quien lo acariciaba.

–Todo a su debido tiempo –dijo él, leyendo de nuevo su mente. Se acercó a la cama–. Ahora es el turno de desvestir a la novia.

A Angele no le sorprendió que en primer lugar le quitara las babuchas, pero sí que le besara ambos pies con sensual delicadeza. Luego se los acarició, presionando distintos puntos que encontraron respuesta en el interior de su cuerpo. Para cuando subió hacia sus gemelos, Angele se retorcía de placer.

–Tienes una piel maravillosa, pero sé cuál es el punto donde es más sensible –susurró él mientras ella sacudía la cabeza, jadeante–. Te aseguro que lo conozco, es un lugar suave, delicioso y húmedo.

¿Delicioso? ¿Quería decir que...? Pero Angele no pudo seguir pensar cuando él le subió la túnica hasta dejar sus muslos a la vista, expuestos a su mirada y a su boca.

Angele nunca había sabido que el interior de sus muslos pudiera ser tan sensible. Zahir rió al oírla gemir. Luego le subió un poco más la *galabeya* y exclamó:

–¡Qué preciosidad!

–¿Te gustan mis bragas?

–Mucho, *ya habibti* –dijo Zahir, antes de acariciarle el clítoris por encima de la seda.

Angele se arqueó contra él como si recibiera una sacudida.

–Me encantan, pero me gusta más lo que hay debajo.

Con una osadía que desconocía que tuviera, Angele susurró provocativamente:

–Demuéstramelo.

–Eso pienso hacer –dijo Zahir, acariciándola hasta hacerla enloquecer.

Sin saber cómo había sucedido, Angele descubrió que le había quitado la *galabeya*. Zahir la contempló unos segundos en sujetador antes de quitárselo y a continuación se entregó a dar placer a sus senos con un ardor casi espiritual. Casi.

Los pezones endurecidos le dolían y tenía las bragas literalmente empapadas para cuando él se separó unos centímetros y preguntó:

–¿Estás lista?

–Llevo lista un buen rato –Angele pretendía hablar con firmeza, pero su voz salió quebrada.

–Yo también –dijo él. Pero aun así le quitó las bragas lentamente y en lugar de colocarse entre sus muslos, tal y como Angele había esperado, se los separó y empezó a darle placer con los dedos.

–Zahir –le suplicó.

–Te resultará más fácil si te rompo el himen con los dedos.

–¿Qué? –susurró Angele perpleja. Luego sacudió la cabeza–. No, yo... Lo que...

Pero el dedo índice y corazón de Zahir ya se adentraban en su cueva, apartando la barrera que separa su virginidad de su unión final. Hizo círculos suaves con los dedos sin dejar de presionar. Angele sintió una molestia sorda más que un dolor agudo, que despertó su cuerpo y la puso alerta mientras Zahir empezaba los preparativos para penetrarla.

–Eres tan cuidadoso conmigo... –susurró ella.

Zahir le dedicó una de aquellas sonrisas de satisfacción que ella encontraba más arrebatadoras que irritantes.

—Por supuesto.

—Me pregunto si es un reflejo aprendido o innato.

—¿A qué te refieres? —preguntó él con fingida inocencia.

—A tu arrogancia.

—Conoces a mi padre, así que sabes que es genética.

Era verdad. Angele conocía al rey de Zohra y al de Jahwar y tuvo que admitir que Zahir tenía razón. La elevada autoestima era una característica familiar.

—Khalil y Amir no son tan engreídos.

—No estoy tan seguro de que Grace o Jade estén de acuerdo contigo, pero en cualquier caso, *aziz,* no deberías pensar en otros hombres mientras estás conmigo.

Zahir volvió a presionarle el clítoris con el pulgar y todo pensamiento abandonó la mente de Angele. Un prolongado gemido escapó de su garganta a medida que el placer irradiaba desde ese punto al resto de su cuerpo.

Zahir continuó acariciándola con destreza hasta hacerle olvidar su propio nombre. Angele sintió el placer acumularse, tomar forma, ir apoderándose de ella. Cuando estalló, Zahir presionó con los dedos hasta el fondo y el dolor quedó amortiguado por el placer extremo.

Zahir la miró fijamente antes de susurrar:

—Y ahora voy a hacerte mía.

Angele no se molestó en responder mientras él se colocaba entre sus muslos y la penetraba con su sexo lentamente, abriéndose paso hasta que pudo cobijarlo. La sensación de estar unida a él la hizo sentirse plena.

Ninguno de los dos habló mientras Zahir empezó a mecerse lentamente, profundizando más y más la penetración con cada empuje. Sus miradas permanecieron fijas la una en la del otro estableciendo entre ellos una conexión que iba mucho más allá de lo puramente físico. Pero a Angele no la sorprendió porque amaba a aquel hombre con toda su alma y siempre había sabido que se entregaría a él plenamente.

Haciendo un extenuante ejercicio de contención para retenerse, Zahir se inclinó para besar a Angele delicadamente. Ella sintió que los ojos se le llenaban de lágrimas pero no se avergonzó, ni él pareció inquietarse. Simplemente inclinó el rostro y se las secó con los labios.

–¿Estás lista?

Angele casi tuvo que preguntar a qué se refería, pero Zahir cambió levemente el ángulo y le hizo sentir un nueva forma de placer todavía más primitiva e íntima que sólo le dejó asentir con la cabeza.

Sin sonreír, aunque Angele percibió su satisfacción, Zahir comenzó a moverse rítmicamente despertando en ella sensaciones maravillosas pero no lo bastante intensas.

–Más, Zahir, por favor.

Él sacudió la cabeza. Los círculos de tensión alrededor de sus ojos eran la única prueba de que contenerse estaba costándole un esfuerzo sobrehumano.

–Es demasiado pronto. Hoy sólo voy a darte placer.

–Es maravilloso –dijo ella, entre la súplica y la afirmación.

Y no tendrían más oportunidades.

En lugar de contestar, Zahir la besó con un frenesí que demostró lo cerca que estaba de perder el control, y ella respondió dejándose llevar, perdiéndose en el éxtasis de sentirse unida a él.

Los movimientos de Zahir se aceleraron aunque siguió reteniéndose. Y a pesar de que una voz interior le decía que en el futuro se alegraría de su control, Angele prefirió no escucharla y proseguir con la búsqueda del placer.

Y cuando llegó, lo hizo como una oleada caliente, muy distinta a las convulsiones de la primera vez. El cuerpo de Zahir se tensó al tiempo que echaba la cabeza hacia atrás y dejaba escapar un gemido de plenitud.

Y Angele añadió al placer físico la maravillosa sensación de haberle proporcionado tanto placer como él a ella.

–Está hecho –dijo él con una solemnidad que la emocionó.

Cualquiera que fuera la causa, Zahir y ella habían sido uno por un instante.

Angele habría querido decir algo pero el cansancio la golpeó y la habitación se difuminó mientras Zahir le susurraba palabras afectuosas y sus cuerpos permanecían unidos.

Capítulo 4

ZAHIR se metió en el agua caliente y perfumada con Angele en sus brazos. El tradicional rectángulo de mosaico podía acoger a cuatro personas, pero sólo iban a ocuparlo ellos dos. En cuanto los pies de Angele tocaron el agua, ésta se removió y aunque la suave luz era más luminosa que la de las velas, pero no tan brillante como para hacerle daño en los ojos, Zahir se inclinó protectoramente sobre ella para que despertara sin sobresaltos. Nunca se había quedado una de sus amantes adormecida, relajada y satisfecha en sus brazos, y contemplarla había despertado en él una emoción que prefirió no analizar.

—Qué bien huele —susurró ella, acurrucándose contra su cuello.

—He preparado el baño tradicional de la noche de bodas.

—¿De tu familia o de Zohra en general?

—Contiene una mezcla de hierbas exclusiva de la familia real.

Zahir deslizó la mano por el vientre de Angele pero se frenó a medio camino a pesar de la tentación de seguir hacia abajo. Angele necesitaba recuperarse antes de hacer de nuevo el amor.

–Están destinadas a mitigar el dolor y las molestias del coito.

–Pues funciona –dijo Angele con voz ronca.

–Me alegro de que te guste.

–¿A ti no? –dijo ella como si le retara a negar que el sexo también le había impactado. Pero Zahir no pensaba mentir.

–Desde luego.

Zahir no podía pensar en una noche de bodas más satisfactoria. La boda tendría que ser planeada y se invitaría a dignatarios de todo el mundo, pero hasta entonces no tenía la menor intención de mantener entre ellos el voto de castidad.

Era aún más excitante saber que podían explorar la sensualidad de su relación sin temor a concebir un heredero. No le había preguntado qué método anticonceptivo utilizaba porque aquella noche no quería hablar de cuestiones tan mundanas. Ya habría tiempo para ello al día siguiente.

Angele era inteligente y organizada, así que no dudaba que habría elegido el método más seguro. Cuando planeaba algo lo hacía con una meticulosidad que incluso sorprendía al padre de Zahir, o al menos eso le había dicho en varias ocasiones el rey.

Y se sentía orgulloso de que Angele, aunque fuera por las razones equivocadas, hubiera planeado aquel encuentro.

–Tu cuarto de baño es espectacular. ¿Es propio de la realeza o de las familias acomodadas de Zohra?

–Es propio de mí –Zahir pasaba sus horas cumpliendo con su gente y necesitaba tener la oportunidad de relajarse y de disfrutar del confort.

–Lo suponía pero nunca he tenido la oportunidad de ir a la suite de mis padres o de mi tío.

–Te has negado a volver a la casa de tus padres después de que se reconciliaran.

–Para entonces era una adulta –Angele reflexionó unos instantes–. Era el momento de instalarme en mi propia casa.

–De haber vivido en Jawhar habrías permanecido con tus padres hasta la boda.

Angele se tensó.

–Pero no he crecido en Jawhar.

–Eso es verdad.

–¿Te importa?

–No –aunque Zahir encontraba su independencia en cierta forma desconcertante, le gustaba la mujer que flotaba entre sus brazos.

–Has hecho un par de comentarios que me han hecho interpretar lo contrario.

–Que señale las diferencias no quiere decir que lo censure.

–A veces puede dar la sensación de que sí.

–Las impresiones no son hechos.

–Eso es verdad.

–No se puede confiar en los sentimientos –ese principio le había sido instilado desde su infancia como preparación a su papel de líder del reino de Zohra.

–Es posible, Zahir. Pero la ausencia de sentimientos puede ser igualmente peligrosa.

–Controlar las emociones es el primer paso para ganar una negociación.

Angele se escurrió entre sus brazos.

–No todo en la vida es una negociación política –dijo, sentándose en el extremo opuesto del baño y mirándolo fijamente–. No es posible que apliques el mismo principio a tus relaciones personales.

–Si te dijera lo contrario, mentiría.

Angele abrió los ojos de sorpresa antes de entornarlos.

–Hablas en serio.

–No suelo mentir.

–Ocultaste tu relación con Elsa Bosch durante años –Angele se mordió el labio al no haber podido reprimir el comentario.

Pero Zahir no pareció molestarse.

–Lo mantuve en secreto como una estrategia de supervivencia de alguien que vive todo el tiempo expuesto a los ojos del público.

–La discreción no basta, hay que acudir a subterfugios –dijo Angele, citando las palabras que había oído pronunciar a menudo a su tío.

–A veces los subterfugios son necesarios, pero eso no me convierte en un mentiroso.

Angele miró en otra dirección y suspiró.

–¿Así que tratas a tus padres como si fueran líderes de la oposición? –aunque era una manera sutil de cambiar de tema, Zahir no opuso resistencia. No tenía el menor interés en seguir hablando de la que era la mayor equivocación de su vida.

–Sobre todo a mi padre. Mi primer éxito como negociador fue a los diez años para conseguir mi primer caballo –sonrió al recordarlo–, pero luego lo cambié por una fiesta exclusivamente familiar para celebrar mi cumpleaños.

—¿Eras un niño tímido?

—Un líder mundial no puede permitirse ser tímido.

—Pero sólo tenías diez años. ¿Por qué no quería que hubiera otros niños?

—Esa opción no era un punto a tratar en la mesa de negociación.

Angele frunció el ceño.

—Pretendía tener una fiesta con mis hermanos en lugar de una celebración de estado —explicó Zahir.

Angele dejó escapar una exclamación.

—¿Quieres decir que a tu fiesta de cumpleaños no habrían invitado a otros niños de todas formas?

Zahir se encogió de hombros.

—A los siete años celebré mi último cumpleaños con niños.

Había seguido intentándolo hasta los doce años, cuando su padre le había dicho que olvidara aquellas chiquilladas y que tenía que aceptar sus circunstancias, al igual que habían hecho sus primos en Jawhar.

—¡Qué terrible!

Zahir sacudió la cabeza.

—Eres demasiado sensible.

—Si yo tuviera un hijo, jamás le privaría de una fiesta infantil por celebrar una cena de estado —dijo ella como si se refiriera a una forma de tortura.

Zahir no pudo evitar reír.

—Aprendí muy pronto la importancia de las responsabilidades de mi posición.

Había sido una buena lección para colocar las necesidades de su pueblo por delante de sus deseos personales.

—Lo que aprendiste fue que no tenías derecho a ser

niño –dijo Angele como si acabara de descubrir algo
importante sobre él–. Tus hermanos no pasaron por
lo mismo.

–Claro que no.

Angele le lanzó una mirada significativa.

–Aquí estamos solos tú y yo, y lo que ha pasado
no tiene nada que ver ni con deber ni con obligación.

Súbitamente, su rostro se ensombreció al recordar
que aquella noche era la condición que había puesto
para liberar a Zahir de su compromiso, pero aunque
éste habría querido decirle que esa premisa era absurda,
se limitó a confirmar la verdad de su comentario.

–Hacerte el amor no ha sido ninguna obligación.

Angele escrutó su rostro como si quisiera asegurarse de que era sincero, y Zahir supo que lo compro-
baría porque no mentía. La sonrisa que iluminó su
rostro valió la pena.

–Esta noche sólo eres Zahir, no el heredero de la
corona.

Él nunca era otra cosa que guía y sirviente de su
pueblo. Ni siquiera había dejado de serlo el tiempo
que había pasado con Elsa, aunque se había sentido
cerca.

Pero Angele no lo habría comprendido ni aunque
hubiera crecido entre su gente. Saber desde la cuna
que el país entero dependía de uno, era algo que sólo
experimentaban algunas personas en todo el mundo.
Y aquéllos a los que conocía habían crecido, como
él, teniendo que asumir la responsabilidad que les estaba destinada.

Aun así no quiso desanimar a Angele diciéndole
que se equivocaba porque en cierta forma había algo

de verdad en lo que había dicho. Aquella noche se sentía más alejado de su papel de jeque de lo que había estado en toda su vida.

Decidido a convertir aquel momento en inolvidable para Angele, hacer el amor con ella antes de estar casado era en sí misma una acción impropia de su sentido de responsabilidad habitual. Una voz interior que sonaba sospechosamente como la de sus tutores, le susurraba que podía haber actuado de otra manera para ahuyentar los temores de Angele. Pero la sencilla y sorprendente verdad era que Zahir había deseado a Angele. La encontraba mucho más deseable sexualmente de lo que nunca había pensado, y no había sido consciente de que los años que habían esperado a formalizar el compromiso habían contribuido, aunque inconscientemente, a ello. Se había obligado a no pensar en ella sexualmente. Primero porque era demasiado joven, más tarde porque esa parte de su psique la ocupaba Elsa.

Pero acababa de ser súbitamente consciente de que Angele era y siempre había sido la mujer ideal con la que compartir su cama.

La atrajo hacia sí.

—¿Estás preparada para seguir celebrando nuestra noche?

Angele entornó los ojos con expresión de deseo e inclinó la cabeza hacia atrás en una invitación a ser besada que Zahir pensó que nunca rechazaría.

Angele despertó con placenteros dolores en partes del cuerpo que nuca había sentido antes, y pensó que habrían sido mucho mayores de no haberse dado dos baños con Zahir la noche anterior. Una noche llena de placer y pasión como nunca hubiera imaginado que compartirían.

La tentación de pedirle que mantuvieran su condición de prometidos fue muy grande y tuvo que morderse la lengua para no hacerlo cuando se despidieron con la primera luz del alba.

Aunque habría querido despertar en brazos de Zahir por una vez en su vida, comprendió que éste le dijera que no debían ser descubiertos y que sería mejor que se marchara antes de que despertara el palacio. Así que había obedecido y se había ido con el cuerpo saciado y el corazón cargado de melancolía por lo que nunca llegaría a tener.

Al llegar a su dormitorio se dio una ducha, hizo la maleta y sacó los cuatro sobres que había preparado antes de ir a Zohra. Uno de ellos contenía una carta para su tío por adopción, el rey de Jawhar, al que anunciaba que no se casaría con Zahir. Pedía disculpas, le rogaba que no responsabilizara a su padre de la decisión y le decía que comprendería que la repudiara. Por muy doloroso que le resultara, su corazón ya se había hecho añicos meses antes, al descubrir la relación entre Zahir y Elsa Bosch.

La segunda carta era similar, pero el destinatario era el padre de Zahir.

La tercera estaba dirigida a Zahir y acababa de escribirla. Le daba las gracias por la maravillosa noche que habían compartido y le decía que nunca la olvidaría. También le explicaba la existencia de las fotografías, que adjuntaba, proporcionándole cuanta información poseía sobre el chantaje, incluidos los pagos que había realizado y la forma de entrega. Le aseguraba que nadie, ni siquiera sus padres, conocía la existencia de las fotografías, y que confiaba en que pudiera mantenerlas fuera de la circulación por el bien de su familia, pero que notificaría al chantajista que ya no le daría más dinero.

Miró entonces el último sobre, el que le impediría cambiar de idea aunque sólo fuera simbólico. Incluía una nota de prensa en la que se negaban los rumores de que se pretendía establecer una relación permanente entre las casas de Jawhar y Zohra por medio de una boda entre Zahir y ella. Había añadido un par de citas personales. Una, en la que decía que no quería vivir bajo la presión pública que representaba convertirse en miembro de la familia real; y la otra, negándose a establecerse fuera de su país de adopción, Estados Unidos.

Tras leerla, su padre la repudiaría con toda seguridad y su madre se pondría furiosa, pero no estaba dispuesta a vivir el resto de su vida sin amor. Aunque no fuera norteamericana de nacimiento, había crecido rodeada de ideales distintos a los del sentido del deber de las familias de Jawhar y Zohra. Por más que amara ambos países, era una mujer moderna americana.

No iba a forzar a Zahir a cumplir un compromiso que no había elegido voluntariamente. Estaba segura de que adquiriría otro, pero lo haría como adulto y podría elegir a la novia de su conveniencia. A ella sólo le quedaba desear que fuera una mujer a la que llegara a amar con el paso del tiempo.

A través de los pasadizos secretos fue al dormitorio de Zahir, al que sabía ocupado con su padre, para dejarle la carta. Las demás, las entregó a los correspondientes secretarios privados, menos la nota de prensa, que llevó al departamento de relaciones públicas.

Además había preparado varios correos electrónicos con la misma información para enviarlos a las agencias internacionales al cabo de unas horas. Cuando la noticia estallara, volaría ya a Estados Unidos, donde no constituiría más que una mera anécdota entre la plétora de noticias dedicadas a los ricos y famosos.

Ya en el coche, camino del aeropuerto, sacó el teléfono móvil para hacer la llamada más difícil de toda su vida.

Decidida a no tomar el camino más fácil, llamó primero a su padre. La conversación transcurrió más o menos como había esperado, pero se negó a continuarla cuando su padre culpó a su madre por haberla criado en Estados Unidos.

–Si no hubieras estado metido en líos de faldas, no habríamos tenido que irnos de Jawhar. No te atrevas a culpar a mamá –la furia que su osadía despertó en su padre le llegó a través de la línea–. De hecho, tus constantes infidelidades me han hecho darme cuenta de que el matrimonio con Zahir no saldría bien. No pienso vivir como mamá.

–Nunca le ha faltado nada.

–Si de verdad crees eso, es que sigues sin comprender nada.

–No me hables con esa falta de respeto, Angele.

–Decir la verdad no es faltarte al respeto.

–La relación que yo tenga con tu madre no es de tu incumbencia.

–Puede que no, pero eso no impide que seas un modelo que me niego a imitar.

–Zahir no es un hombre de sangre caliente –su padre calló la implicación de que él sí lo era.

Angele no se molestó en sacarlo de su error. Y saber que Zahir había pasado noches tan apasionadas con Elsa como la que había pasado con ella la atravesó con un dolor que decidió ignorar, pero que fue prueba de que todavía tenía la capacidad de sufrir.

–No puedes hacer lo que te propones, Angele.

–Ya lo he hecho.

–Lo discutiremos en otro momento. Ahora tengo que ver a Malik y a Faruq. Supongo que adivinas lo que voy a contarles.

–No me estás escuchando, aunque no sé por qué me sorprende.

–¡Angele!

–Por favor, papá. Te quiero, pero no quiero vivir como mi madre. Antes de marcharme de palacio he dejado cartas para los reyes en las que les explico mis intenciones y les pido disculpas.

–¿Cómo que antes de marcharte? ¿Dónde estás?

Por primera vez su padre sonó más preocupado que enfadado. El coche se detuvo ante el aeropuerto. Angele bajó y esperó a que el conductor sacara el equipaje y lo dejara en la acera antes de contestar.

–Voy de camino a casa.

–Tu casa está aquí.

–Nunca lo ha estado ni lo estará –dijo ella, suspirando al tiempo que intentaba ignorar la tristeza que aquellas palabras le causaban–. Escúchame, papá. He incluido una nota para la prensa en las dos cartas que he dejado a los reyes. Sería mejor que dedicarais la reunión a decidir cómo lidiar con las consecuencias que mi decisión puede tener para las relaciones públicas del reino, que a intentar hacerme cambiar de opinión.

–Claro que te haremos cambiar de idea.

–No.

–Maldita sea, he cambiado mi vida para asegurar que esta boda se celebrara y no voy a consentir que desbarates mis planes por un arranque de orgullo femenino.

–¿A qué te refieres?

–Zahir te habrá contado la conversación que tuvimos hace unos años en la que me anunció que no se casaría con una mujer cuyo padre salía regularmente en las prensa del corazón.

A Angele no le costó creerlo dada la obsesión de Zahir por mantener la buena reputación de la casa real.

–Así que te has vuelto fiel... –tragó saliva para aliviar el sabor a bilis que le puso en la boca saber que no lo había hecho por salvar su relación, si no por obtener una mejor posición en la casa real–, o al menos, discreto, para que la boda de tu hija te asegurara la unión con la familia real.

–Fiel –la corrigió su padre–. Me di cuenta de que mis actos sólo causaban dolor. Desde luego, nunca logré con ellos lo que pretendía.

–¿Pensabas que tener affaires iba a tener una consecuencia positiva? –preguntó Angele, atónita.

–Tu madre se negó a tener más hijos. Yo le acusé de haberse quedado embarazada de ti para atraparme –tras una prolongada pausa, concluyó–: Nunca lo negó.

–¿Eso sucedió antes o después de tu primera infidelidad?

–Eso da lo mismo.

–Dudo que mamá estuviera de acuerdo.

–Nunca quiso darme un hijo.

–Siento haber supuesto tal desilusión –dijo Angele, que nunca lo había sabido.

–No he querido decir eso.

Angele lo creyó a su pesar, pues jamás le había hecho sentir que hubiera preferido que fuera chico.

–No sabía que, no siendo miembro de la realeza, fuera tan importante tener un heredero.

–Pero conoces a nuestro pueblo –dijo él, implicando que en su cultura no tener un hijo al que dejar el apellido familiar era una tragedia.

–Lo siento –dijo ella, consciente del dolor de su padre.

–Debes entender que Zahir es distinto a mí y no cometerá mis errores.

A la vez que se acercaba al mostrador de facturación, Angele recordó las fotografías de Zahir con Elsa.

–No puedo casarme con él, papá.

–Debes hacerlo. Sólo tienes nervios prenupciales.

–Ni quiera estamos comprometidos oficialmente.

–Estás evitando un futuro imaginario, no el que verdaderamente disfrutarás.

–¿Tú has amado siempre a mamá? –preguntó ella en lugar de replicar.

–Sí –dijo él sin titubear.

–Y sin embargo le has hecho sufrir durante años, igual que ella a ti –por primera vez Angele era consciente de que el daño había sido recíproco, pero eso no le servía de consuelo–. ¿Si vosotros, queriéndoos, os habéis herido, qué puede pasar en un matrimonio en el que sólo uno de los dos ama al otro?

–No puedes esperar amor de Zahir.

La respuesta instantánea de su padre, adivinando a quién se refería, colocó un nuevo ladrillo en la barrera tras la que Angele intentaba proteger su corazón.

–Mi vuelo sale en unos minutos.

–No puedes abandonar Zohra –dijo su padre en tono amenazador.

Pero Angele había tomado medidas para asegurarse de lo contrario, contratando un vuelo privado por la guardia real recibía la orden de buscarla en los vuelos comerciales.

–Por favor, padre, acéptalo. Ya he mandado la nota de prensa.

–Podemos decir que era una broma.

–Daré una entrevista en directo –sin dar tiempo a que su padre contestara, concluyó–: Te quiero, papá. Espero que algún día me perdones –y colgó.

Pasó la aduana por la zona VIP sintiendo que el corazón iba a estallarle. Dijeran lo que dijeran sus cartas, alejarse de Zahir era lo más doloroso que había hecho nunca.

La noche anterior había tenido la experiencia más maravillosa de toda su vida, pero al volver a mirar las fotografías había recordado que por muy buen amante que Zahir fuera, nunca la amaría. Aun así, se le había pasado por la cabeza que quizá sería mejor vivir con él sin su amor, que no volver a verlo.

Tuvo que obligar a sus pies a subir la escalerilla. Intercambió unas palabras con el dueño antes de sentarse y ponerse el cinturón de seguridad, y se alegró de comprobar que ni él ni su esposa estaban interesados en charlar. Necesitaba concentrarse para no caer en la tentación de volver al palacio.

El capitán acababa de anunciar que despegarían en cuestión de minutos cuando Angele vio en la pantalla del teléfono que le llamaba su madre. Lo apagó al tiempo que los motores se ponían en marcha. Hablar con ella no podía beneficiarla en ningún sentido. La conversación con su padre ya la había a angustiado lo suficiente.

Su madre siempre la había amado incondicionalmente, y la sospecha de que su ruptura con la familia real de Zohra pusiera su afecto en peligro, era un escenario al que no se sentía capaz de enfrentarse en aquel momento.

Capítulo 5

ZAHIR miró a su padre en tensión mientras intentaba encontrar un sentido a lo que Faruq acababa de decirle.

Era imposible que Angele hubiera hecho algo así, y menos después de la noche que habían pasado juntos.

—No te lo esperabas —dijo Faruq, acusador.

Desde luego que no. Pero saber que había sido traicionado lo había dejado sin palabras, así que se limitó a negar con la cabeza.

—La huida, estas cartas... —Faruq no sonaba como un padre, sino como un rey decepcionado—. Todo indica un plan detalladamente trazado.

—Es una de sus habilidades —dijo Zahir, ocultando tras el sarcasmo su creciente enfado.

Su mirada se trasladó del rostro grave de su padre al de los otros dos hombres que los acompañaban en el despacho. El rey Malik fruncía el ceño con una mezcla de ira y confusión. Kemal parecía resignado, aunque abiertamente disgustado.

Su resignación preocupó más a Zahir de lo que habría admitido.

—¿Sabías lo que iba a pasar? —le preguntó.

—No —se limitó a contestar Kemal.

Pero Malik apuntó por él.

–Angele lo llamó de camino al aeropuerto.

–¿Y no hemos podido detener el vuelo? –preguntó Zahir.

–Calculó el tiempo muy bien y se marchó en el avión de uno de los invitados a la boda.

Zahir dejó escapar una maldición.

–Ha sido más lista que todos nosotros –dijo Malik en tono de admiración.

Sin mediar palabra, Zahir tendió la mano hacia la carta que su padre tenía en la mano. Faruq se la dio.

–Ha incluido también una copia de la nota de prensa, en la que niega los rumores de una futura boda contigo.

–No puede ser verdad –exclamó Zahir, indignado.

Una cosa era ser meticulosa y otra, que fuera tan testaruda.

Faruq asintió.

–Según la carta, verá la luz en unas horas.

Zahir leyó la nota con incredulidad.

–Es mentira que no quiera vivir en Zohra. Adora el país.

Los dos reyes asintieron.

–Siempre he pensado que ése era el caso –dijo Malik.

–Ha elegido la excusa que le acarrearía el rechazo de la gente de Zohra y Jawhar al tiempo que aumentaría el aprecio a Zahir –era la primera vez que Kemal aportaba algo más que un monosílabo–. Ha sido como un suicidio.

Zahir recordó como Angele había dicho que no consentiría que los forzaran a casarse, y que estaba dispuesta a asumir la culpa ante su familia y la prensa.

Él había querido creer que sólo eran amenazas y con ello se había equivocado radicalmente al juzgar los motivos por los que le pedía celebrar su noche de bodas.

Incómodo con una imagen de sí mismo que lo mostraba lo bastante frágil como necesitar ser protegido, Zahir pasó del enfado a la ira. Él no era así, y que Angele no se diera cuenta lo enfurecía, pero, tal y como acostumbraba, mantuvo un control férreo sobre sus emociones.

—Bastaba con que rompiera el compromiso para que el pueblo se pusiera de mi lado —dijo Zahir con frío sarcasmo.

Kemal sacudió la cabeza.

—No si contaba la verdadera razón que la llevaba a actuar así. Supongo que te lo dijo en persona.

Zahir sacudió la carta con tanta fuerza que el papel se arrugó.

—¿Crees que me habló de esto?

—Conozco a mi hija y sé que no buscaría una salida fácil.

—¿Y por eso ha cancelado el compromiso con una carta? —dijo Zahir con sorna.

¿Cómo no había pensado Angele que tenía que hablarlo con él? ¿Había creído que sus palabras en el estudio bastaban como despedida?

Si era así, demostraba lo poco que conocía al hombre con el que acabaría casándose.

Kemal lo miró con escepticismo.

—Por lo que me dijo, estoy seguro de que habló directamente contigo.

—¿Lo hizo o no? —preguntó Faruq a su hijo.

Zahir asintió con un gesto seco de la cabeza. Era evidente que al margen de lo que creyera, Angele y él habían interpretado la conversación de manera distinta. Intentó ignorar un agudo dolor en el pecho.

–¿Y no creíste oportuno contárnoslo a mí o a su tío? –preguntó su padre, olvidando la impasibilidad de la que siempre hacía gala y que exigía de su hijo.

–Su tío adoptivo –precisó Kemal–. Y el compromiso, que supuestamente dura diez años, nunca se ha formalizado.

–Todos sabemos por qué –dijo Zahir, mirándolo fijamente.

–Excusas –dijo Kemal sin ocultar su disgusto–. Podrías haber anunciado el compromiso en cualquier momento, pero elegiste no hacerlo y mi hija se ha cansado de esperar.

–¿Y actuando así pretende obligar a Zahir a hacerlo? –preguntó Faruq en un tono helador.

El padre de Zahir estaba acostumbrado a ser quien dirigía una negociación, no a sentirse manipulado.

La mirada de Kemal se endureció aún más que cuando había acusado a Zahir de negligencia.

–Al contrario –dijo con la misma frialdad que Faruq–. Mi hija está asegurándose de que nada pueda forzarla a cumplir una promesa que está segura que no le causará más que infelicidad.

–Eso es absurdo, hermano mío –dijo Malik, estresando el apelativo familiar al tiempo que posaba una mano conciliadora en el hombro de Kemal–. Angele siempre ha estado enamorada de Zahir. Su rostro cuando está con él se puede leer como un libro abierto.

Zahir hizo una mueca de rechazo.

–Una mujer enamorada no rompe su compro... –al ver que Kemal clavaba los ojos en él, Zahir se corrigió–: una promesa *de facto* de un futuro matrimonio.

–A no ser que tema que su amor nunca sea correspondido.

Zahir se negó a entrar en ese terreno.

–No es una ingenua adolescente que espere flores y poemas de un matrimonio como el nuestro.

–Creo que no lo entiendes –dijo Kemal–: No va a haber ninguna boda.

–¿Acaso te alegras? –preguntó Zahir en tono acusatorio, planteándose sorprendido esa posibilidad. No se consideraba una mala opción como yerno.

–En absoluto. Pero conozco a mi hija lo bastante bien como para saber que una vez toma un decisión, es imposible hacerle cambiar de idea.

Zahir no pudo negarlo. Kemal y Lou-Belia habían querido que Angele terminara el bachillerato en París en lugar de que fuera a una universidad en Estados Unidos. Había hecho la carrera en Cornell. Ninguno de los dos habían aprobado que se quisiera independizar, pero Angele se había ido de casa desde el primer año de universidad.

Zahir nunca había reflexionado sobre lo que no consideraba más que pequeñas muestras de rebeldía, con las que, por otra parte, había estado de acuerdo porque no quería casarse con ella sin que antes hubiera tenido la oportunidad de hacer una vida lo más normal posible.

De pronto se daba cuenta de que, de haber dedicado más tiempo a conocerla, habría adivinado las consecuencias que sus decisiones podían acarrear.

–Podríamos sacar una nota de prensa diciendo que se trata de un engaño perpetrado por sus enemigos –sugirió el rey Malik.

Kemal sacudió la cabeza.

–Amenazó con conceder una entrevista si hacíamos algo así.

Así que Kemal había intentado disuadir a su hija. Y Zahir sólo podía pensar que tal persuasión habría debido ser innecesaria después de la noche previa. Aquellas horas fuera del tiempo y del espacio alimentaban su enfado y le provocaban una presión desconocida en el pecho.

–Así que no tenemos opción –dijo Faruq mirando a su hijo, preocupado.

Zahir no estaba dispuesto a ser motivo de inquietud o lástima.

–Siempre quedan opciones. Publicaremos nuestra propia declaración.

–¿Y qué diremos? –dijo el rey Malik con el brillo en los ojos de un hombre acostumbrado a lograr lo que se proponía.

–Que reconozco que he cometido un error al tardar tanto tiempo en formalizar el compromiso. Que cortejaré a mi prometida y que el pueblo puede esperar el anuncio de boda para final de año.

Si lo que su novia fugitiva quería eran flores, las tendría. La carcajada que soltó su padre estaba tan teñida de incredulidad como la que habían causado las acciones de Angele. El rey Malik y Kemal se limitaron a mirar a Zahir como si hubiera perdido el juicio.

–¿Dudáis de mis habilidades para conquistar a una

mujer después de haberme visto negociar con los líderes mundiales? –preguntó con arrogancia.

Kemal carraspeó.

–Una mujer no es una potencia mundial.

–No, pero algún día tu hija estará casada con una –Zahir se despidió de ambos reyes con una reverencia e inclinó la cabeza ante Kemal–. Ahora, si me disculpáis, tengo que planear una campaña.

Frunciendo el ceño, su padre dijo:

–Si es así como crees que debes actuar, haré publicar una nota de prensa con tus disculpas.

–¿Se te ocurre algo mejor?

–Podrías dejarla marchar.

–No. He fallado a Angele al haber tardado tanto en anunciar nuestro compromiso. No pienso caer en el mismo error por no actuar.

Por otro lado, ya habían celebrado su noche de bodas, así que, de una manera u otra, también celebrarían su boda.

–Buena suerte –dijo Kemal.

El rey Malik asintió.

–Mi familia y mi personal están a tu disposición. Pediré a mi esposa que prepare un informe que te ayude en tu causa –Malik se volvió hacia Kemal–. Pedirá consejo a Lou-Belia sobre su hija.

Kemal aprobó la sugerencia.

–Muy bien. Su madre la conoce mejor que nadie.

–Gracias –dijo Zahir, aunque no pensaba que fuera a requerir ninguna ayuda para convencer a Angele de que se casara con él.

Aun así, estaba dispuesto a aceptar cualquier ayuda que se le prestara.

Sólo comprendió las verdaderas motivaciones de su futura esposa varias horas más tarde cuando, al volver a sus aposentos descubrió el abultado sobre dirigido a él. La carta fue muy reveladora, y al ver las fotografías, Zahir se dio cuenta de que era muy afortunado de la forma que Angele había elegido para romper el acuerdo. Darse cuenta de ello no contribuyó a mejorar su estado de ánimo.

La furia que había sentido al conocer su huida no tuvo comparación con la ira que lo invadió al saber que había sido sometida a chantaje.

Mirándolas, tuvo la certeza de saber quién las había tomado y había pretendido beneficiarse económicamente con ellas. Sólo podía ser una persona. Pero Zahir nunca hubiera creído a Elsa capaz de asumir tal riesgo pues tenía mucho más que perder que que ganar.

Cualquiera que fuera el culpable, Angele debía haberle contado lo que sucedía, pero en lugar de hacerlo había optado por pagar. Y el que lo hubiera hecho para salvarlo del escándalo, lo desconcertaba aún más.

Su comportamiento, tan leal aunque ingenuo, puesto que él tenía medios para resolver situaciones como aquélla por sí mismo, era una prueba más de que lo amaba, o al menos de que creía amarlo. Aunque Zahir era escéptico respecto al amor y lo que significaba, asumió que haría más fácil la reconquista.

Una vocecita interior lo perturbó recordándole que había creído que haciéndole el amor le había hecho olvidar su plan. ¿Y todavía su padre le preguntaba por qué no la dejaba marchar?

Era bien sencillo: Zahir no perdía. Jamás. E igual-

mente importante era que era consciente de que debía
a Angele hacer un esfuerzo por cortejarla. Que estuviera enfadado con ella no le impedía admitir que su
pasividad, así como su inadecuada relación con Elsa,
habían conducido a Angele a actuar como lo había
hecho. No cumplir con su deber era aún peor que perder. Era un golpe a su integridad que no podía aceptar.

En primer lugar tendría que ocuparse de Elsa y de
sus amenazas. Le haría comprender que no podía
volver a contactar a Angele.

Luego iría en busca de su renuente prometida.

Sentada en el escritorio de la revista, Angele leyó
el artículo cuyo link le había enviado su madre, y
pasó de la confusión a la furia.

¡Qué arrogancia! ¿Cómo era posible que, después
de ver las fotografías que le había dejado, Zahir creyera que todavía podía convencerla de que se casara
con él?

Se le citaba diciendo que había sido poco considerado y que quería cambiar. ¿Cuándo? Después de
todo, ella llevaba ya dos semanas en casa y no había
hecho el menor intento de contactarla.

Un par de días atrás, había recibido una nota de él,
escrita a mano, en la que le decía que «el problema»
de las fotografías había sido resuelto y que confiaba
en verla pronto. Como si eso bastara. La alegría que
había sentido al ver el remitente había sido reempla-
zada pronto por la desilusión al ver que no contenía
un mensaje más personal. Luego se había enfurecido

consigo misma al darse cuenta de que la idea de que quisiera verla le hacía sentirse esperanzada.

Pero lo que verdaderamente la había irritado era el párrafo al final del artículo en el que decía que la boda tendría lugar a final de año. ¡Ni siquiera se había molestado en referirse al anuncio de la formalización del compromiso, sino a la boda en sí!

De haber estado leyendo un periódico, lo habría tirado a la basura. Pero lo único que pudo hacer fue mirar la pantalla con odio mientras intentaba contener las náuseas que la asaltaron.

Unos segundos más tarde, corría al cuarto de baño.

Zahir llegó a las oficinas de la revista el viernes por la tarde, seis semanas después de que Angele abandonara Zohra. Estaba allí para ver a la mujer que le había robado el sueño numerosas noches a lo largo de las últimas semanas.

Era su sentido de culpabilidad por no haber cumplido con su deber lo que lo mantenía insomne, y se recriminaba haber mantenido una pasividad que había conducido a la necesidad de aquel absurdo cortejo.

Tampoco estaba contento de que el nombre de Angele y el suyo hubieran acaparado los titulares de los periódicos desde que Angele había huido. Los rumores se habían sucedido. Primero respecto a los motivos de la reacción de Angele, luego en relación a la nota de prensa de palacio y finalmente, por conocer el plan de seducción que había diseñado. Había tenido que rechazar numerosas peticiones para ser

entrevistado, aunque finalmente había aceptado una,
y sí había dejado que se filtraran detalles sobre los regalos que había enviado a su prometida.

Las mujeres necesitaban saber que eran aprecia-
das, y Zahir estaba haciendo lo posible por mostrar
su aprecio a Angele. Al menos después de que con-
siguiera dominar su enfado. Estaba orgulloso de no
haber incluido ninguna nota recriminatoria con los
regalos, a pesar de que había estado tentado más de
una vez. Incluso había accedido a ser entrevistado
por su revista. Había admitido al fotógrafo en su despacho del palacio de Zohra y había dejado que lo fo-
tografiara para la sección de moda con su traje tradicional de estado, y con trajes de corte occidental.

Todos sus intentos de aproximación habían recibido el silencio como respuesta.

Por eso, después de organizar su agenda, había decidido intensificar el ataque.

Acompañado por dos guardaespaldas, vestido con
su mejor Armani y con un ramo de jazmín amarillo,
Zahir entró en el edificio. La recepcionista alzó la mirada desde su escritorio central circular y abrió los
ojos con sorpresa.

–¿Podría dirigirme al despacho de Angele bin Kemal al Jawhar? –preguntó Zahir con una de sus mejores sonrisas.

La mujer abrió los ojos aún más al tiempo que
unos papeles que tenía sobre el escritorio estuvieron
a punto de caérsele al suelo.

–Eh... No sé... Tendré que llamar –balbuceó, son-
rojándose al tiempo que marcaba un número–.
¿Hola? Hay un... Creo que es un jeque o algo así. No

creo que sea peligroso pero va con dos hombres de aspecto amenazador. Viene a ver a Angele, aunque la ha llamado bin-algo. Pero sólo trabaja con nosotros una Angele, ¿no?...

Zahir podía oír el rumor de alguien hablando al otro lado.

—Sí, probablemente —siguió la recepcionista—. Lleva un ramo de esas flores que Angele ha estado regalando las últimas semanas.

Zahir frunció el ceño al oír aquello, preguntándose si al igual que las flores, Angele habría regalado las joyas que le había enviado.

Su enfado debió de reflejarse en su rostro, ya que la recepcionista se sobresaltó y tiró los papeles que unos segundos antes había salvado. Zahir dio un paso atrás adoptando una máscara de indiferencia mientras ella continuaba asintiendo a algo que le decían por el auricular.

—Está bien —concluyó—. La llamaré a su extensión —presionó un botón—: ¿Angele? Hay aquí un hombre que parece... no sé, podría ser peligroso pero lleva un ramo de flores —se giró y bajó la voz aunque continuó siendo audible—. ¿Estás segura de que no es peligroso?

Zahir mantuvo el rostro impasible a duras penas.

—Está bien. Le diré que no tardarás. Date prisa.

La recepcionista miró a Zahir y se sobresaltó al darse cuenta de que había oído todo lo que había dicho.

—Angele dice que no tardará. Puede esperarla por ahí —dijo, señalando unas sillas próximas a un ventanal apartado.

Zahir asintió y se dirigió hacia ellas junto con sus guardaespaldas.

–Hola, Zahir.

Se volvió al oír la voz de Angele, y su sonrisa se transformó en un rictus al verla. Su piel normalmente luminosa estaba pálida y mate y tenía unas pronunciadas ojeras. Además, había perdido peso.

–¿Estás bien? –preguntó. Y se mordió la lengua al instante, consciente de que ese tipo de preguntas no debían hacerse en público.

–Perfectamente –Angele se alisó la falda.

El color berenjena que solía favorecerla, acentuaba en aquella ocasión la palidez de su rostro. Aun así, estaba tan elegante como cualquiera de las modelos que aparecían en su revista.

En cualquier caso, si no se encontraba bien, debía estar en casa, en la cama, atendida. Y Zahir hizo un cambio mental de planes.

–Me alegro de verte –la saludó con una inclinación de cabeza al tiempo que le tendía las flores.

Angele sacudió la cabeza sin hacer ademán de tomarlas.

–He terminado de trabajar. ¿Has pensado en dónde mantener esta conversación?

Angele se encaminó hacia la puerta y Zahir le entregó las flores a uno de los guardaespaldas antes de seguirla.

Su limusina esperaba fuera y Angele se dirigió a ella sin titubear. Sorprendido por su actitud colaboradora, Zahir la siguió. Una vez dentro, Angele se volvió hacia él y preguntó:

–¿Dónde vamos?

–He reservado en Chez Alene.

–Mi restaurante favorito.

–Lo sé.

–¿Por mi madre?

–Sí.

–Deja que adivine: el rey Malik le pidió a la reina que compilara un dosier –dijo Angele en un tono que no daba lugar a interpretaciones de ningún tipo.

–Así es.

Angele asintió, sin hacer ningún comentario sobre el hecho de que se conocían desde hacía los bastantes años como para que no debiera haber necesitado información de terceras personas.

–¿Has regalado las flores que te he mandado? –preguntó él.

–Sí.

–¿Puedo saber por qué? –Zahir no estaba seguro de querer saber qué había hecho con las joyas, los zapatos y los bolsos que su madre había elegido para ella.

–¿Por qué las has mandado?

–Después de tantos años de desatención, merecías que te cortejara.

–Así que una vez más, por deber.

Zahir abrió la boca para negarlo, pero se dio cuenta de que en parte tenía razón.

–Puede que en cierta manera sí. Pero también era una forma de dejarte saber que pensaba en ti.

–¡Qué poético!

Zahir se encogió de hombros.

–Sigo las costumbres de mi tierra.

–Lo que eres es un hombre pragmático con una increíble habilidad para observar al ser humano y usar la información a tu favor.

−¿No crees que sea sincero?

−Creo que estabas pensando en mí, pero los dos sabemos que no tenía nada que ver con un deseo romántico de verme.

−Define la palabra «romance». No creo que nuestra última noche fuera tan fácilmente olvidable.

Angele posó la mano en el vientre.

−Eso es verdad −dijo frunciendo el ceño.

−Parece que te molesta.

Angele miró por la ventana con un suspiro.

−Da lo mismo.

−Eso no es verdad.

−Claro que sí.

−Sé que piensas que...

−Escucha, olvídate este intento de seducción por razones de estado −a pesar de que habló con vehemencia, Angele parecía cada vez más débil e incómoda−. Es una pérdida de tiempo para los dos.

−¿Tan convencida estás de que no puedo hacerte cambiar de idea?

−No hace falta. Si accedes a una serie de condiciones, me casaré contigo.

Capítulo 6

ZAHIR asumió que Angele pasaría a enumerar sus condiciones, pero ella se limitó a mirarlo respirando superficialmente.

–¡Qué sorpresa! –dijo él por fin al ver que Angele no iba a añadir nada.

De hecho, estaba tan desconcertado que su mente, normalmente tan rápida, estaba asimilando la noticia con una pasmosa lentitud.

–¿Estás desilusionado?

Aunque pareciera extraño, Zahir lo estaba. Además de un tanto desconcertado.

–Sé que me amas –dijo, intentando abrirse camino a ciegas en una negociación inesperada–, pero pensaba que tu orgullo se sentiría demasiado herido como para aceptar una reconciliación tan pronta.

Angele rió secamente.

–¿Crees que accedo a casarme contigo porque te quiero?

–¿Y no es así? –la idea de que Angele actuara movida por el sentido del deber le resultó menos satisfactoria de lo que debía haber sido.

–Aquella noche no usamos preservativo.

Zahir frunció el ceño intentando comprender.

–¿Y?

—¿Y? —repitió ella, bajando la mirada a su vientre como respuesta.

En aquella ocasión Zahir no tardó ni una fracción de segundo en comprender el mensaje y los pulmones se le vaciaron de aire.

—Habías planeado aquella noche con tiempo. Suponía que tomabas alguna forma de contracepción.

—Sí, la planeé, pero no tomé la píldora como parte de los preparativos —dijo ella, abatida—. Ahora me doy cuenta de que debía haberlo hecho.

—¿Y por qué demonios no lo hiciste? —preguntó Zahir, alzando la voz más de lo que solía permitirse.

—No lo sé. No fue algo racional. Pensaba que por una noche... Como era virgen e ignorante, pensé que no me quedaría embarazada —Angele frunció el ceño—. Creía que usarías preservativos.

Zahir ignoró el último comentario y se concentró en los anteriores.

—Eres demasiado lista como para eso.

Angele lo miró airada.

—Así es. No tengo excusa. Pensé que... No lo sé. He intentado explicarme por qué no dije nada al ver que no usabas preservativo, pero no tengo excusa posible.

—¿Pensabas que usaría preservativo? —Zahir no pudo ignorar la afirmación por segunda vez.

Angele arrugó la frente como si no comprendiera la pregunta.

—Sí.

—¿Por qué?

—¿Por qué no? No éramos amantes. Desde todos los puntos de vista, sólo se trataba de una relación de una noche.

–Lo que tuvimos fue una noche de bodas anticipada –casi gritó Zahir antes de respirar profundamente, desconcertado consigo mismo.

Angele hizo un ademán con la mano, indiferente a la pérdida de control de Zahir.

–Llámalo como quieras. El caso es que no reaccioné y que el daño ya está hecho.

–«Daño» es la palabra adecuada.

Esas palabras le merecieron otra mirada centelleante de Angele, pero había en ella algo más que no supo definir.

–No sé por qué estás tan molesto. Al fin y al cabo, has conseguido lo que querías.

–¿Crees que lo que quería era que mi primer hijo fuera concebido fuera del matrimonio? Llevo toda la vida protegiendo a mi familia del escándalo y ahora va a ser mi hijo quien cargue para siempre con el estigma.

–Por Dios, Zahir, no estamos en la Edad Media.

–Si este niño es mi heredero, su derecho al trono puede verse cuestionado –dijo, maldiciendo en varias lenguas sin que ello sirviera para que se sintiera menos furioso.

–Hazle una prueba de ADN.

–No dudo de ser el padre.

–Lo sé –dijo ella poniendo los ojos en blanco–. Lo digo para que otros no lo duden. De todas formas, puede que sea niña.

–No creo. Los hombres de mi familia tienden a engendrar chicos –comentó él. En las últimas cinco generaciones, no recordaba el nacimiento de ninguna niña.

Angele adquirió un tono verdoso y respiró entrecortadamente.

—¿Te encuentras bien? —¡qué pregunta tan tonta! ¿Cómo iba a encontrarse bien si estaba embarazada?

—No son más que náuseas matutinas —dijo ella.

—Pero la mañana ya ha pasado.

—Al bebé no parece importarle.

—Esto no es posible —dijo Zahir, severo.

El rostro de Angele se retorció en un gesto de angustia.

—¿Te refieres a que no quieres el bebé?

—Por supuesto que no. ¿Cómo puedes preguntar algo así?

—Porque has reaccionado como si fuera el fin del mundo.

—No es eso, sino que debes pensar en las implicaciones de este embarazo. Después de toda una vida protegiendo la privacidad de mi familia, voy a ser protagonista de más tabloides que tu padre y mi hermano juntos.

—¿Crees que debo tomar medidas? ¿No quieres que lo tenga?

—¿Te has vuelto loca? —Zahir no entendía cómo sus comentarios le habían llevado a una conclusión tan equivocada—. No se te ocurra volver a sugerir algo así.

—No lo sugería. No soy yo quien sufre un ataque de nervios.

La acusación acabó por sacar a Zahir de sus casillas.

—¿Lo has hecho a propósito? ¿Ha sido tu forma de vengarte de mí por mi relación con Elsa?

–¿Quién ha perdido ahora el juicio?

–Una mujer despechada es capaz de cualquier cosa.

–¡Yo no soy una mujer despechada, estúpido arrogante! –exclamó Angele, antes de intentar abrir la ventana. Al ver que no lo conseguía, Zahir la ayudó.

–Lo fuiste cuando tenías dieciocho años y me negué a besarte.

–Eso fue hace cinco años.

–La venganza es un plato que se sirve frío.

Angele respiró profundamente.

–No puedo creer lo que está pasando –musitó.

–Yo tampoco.

–Pues vas a tener que asumirlo.

Cerrando los ojos, Angele tomó aire a bocanadas. Zahir repasó mentalmente la lista de prioridades. La primera de ellas, consultar a un eminente ginecólogo.

–No te has tomado en serio el significado de este embarazo.

–Te aseguro que te equivocas. De hecho, significa que voy a acceder a casarme contigo, cuando había jurado no hacerlo.

–¿Por qué?

–¿Por qué qué? –preguntó Angele genuinamente sorprendida.

–¿Por qué accedes a casarte?

–Porque no soy una bruja sin sentimientos.

–Yo no he dicho que lo seas.

–Hace muchos años, cuando descubrí las infidelidades de mi padre, mi madre me dijo algo. Yo le pedí perdón porque había renunciado a vivir en su país natal para protegerme y darme privacidad.

–Lo sé.

–Ella me dijo que no debía pedir perdón porque desde el momento en que se concebía un hijo, sus necesidades pasaban a ser lo más importante para una madre.

–Accedes a casarte conmigo por el bien de nuestro hijo.

–Sólo bajo ciertas condiciones.

La limusina se detuvo y Angele miró a Zahir con inquietud.

–No estamos en el restaurante –continuó–. Es demasiado pronto para cenar –dijo, tragando saliva compulsivamente al pensar en comida.

–No, estamos en tu casa. Había pensado en darte tiempo para prepararte antes de salir.

–Lo que quieres decir es que pensabas seducirme antes de ir a cenar para rematar la escena con una romántica declaración a los postres.

Aunque habría querido ser sarcástica, sólo sonó resignada.

–Crees que me conoces –gruñó Zahir–, pero te equivocas.

Se equivocaba. No iba a ser a los postres. Había pensado en dedicarle dos semanas.

–No habría funcionado –dijo ella.

–¿No crees que te habría podido seducir?

–Al contrario. Pero aun así no habría aceptado la proposición.

–Pero ahora sí, debido a que estás embarazada.

–No tenemos otra opción. Este bebé no merece convertirse en el hijo no reconocido de un futuro rey.

–Yo nunca me negaría a reconocer a un hijo mío.

–Ya sabes a lo que me refiero.

–Te equivocas.

–Da lo mismo. Discutir me revuelve aún más el estómago.

El tono enfermizo de su rostro era una confirmación de su malestar y Zahir se dijo que no era momento para recriminaciones.

–Pues no discutiremos.

–Gracias –Angele suspiró de nuevo y se concentró en respirar.

Cuando el conductor le abrió la puerta, Zahir se precipitó a ayudarla a bajar y la tomó en brazos.

–¿Qué haces? –exclamó ella.

Zahir vio un flash y supo que la fotografía aparecería en la prensa más tarde o más temprano.

–Cuidar de ti. Está claro que lo necesitas.

–La prensa va a disfrutar haciendo conjeturas sobre estas fotografías.

–Les vamos a dar suficientes noticias a lo largo de los próximos días.

–No vamos hacer público el... –Angele miró a su alrededor y cerró la boca.

Zahir la condujo al edificio, dejando que los guardaespaldas los precedieran al interior.

–Estas noticias acaban sabiéndose. Es mejor que hagamos una declaración oficial.

Angele apoyó la cabeza en su hombro.

–Preferiría evitarlo.

–Lo discutiremos más adelante –dijo él, tomando

la determinación de no contribuir a su malestar con-
tradiciéndola.

Angele permaneció ante la barra de su cocina
mientras miraba divertida cómo Zahir se ocupaba en
prepararle una infusión de menta.

–Te mueves con mucha soltura en la cocina para
ser un príncipe –bromeó.

Llevaba demasiados días esforzándose en asimilar
la gravedad de su situación. Quedarse embarazada
del posible heredero de la corona de Zohra había acabado con todo rastro de ingenuidad en ella Y más aún
le había desconcertado darse cuenta de que, a pesar
de todas las implicaciones, se sentía feliz.

Tal y como le había dicho a Zahir, su bebé, al que
amó instantáneamente, se había convertido en su
prioridad.

Haría lo que fuera necesario para que la vida de
su hijo fuera la que se merecía, pero no quería hablar
de ello por el momento. Antes tenía que conseguir
sentirse mejor.

Zahir se encogió de hombros mientras echaba el
agua hirviendo en la tetera.

–Según mi madre, no ser capaz de hacer ni un té
es más una señal de inutilidad, que de riqueza.

–Estoy segura de que Lou-Bela opinaría lo mismo.

–Tu madre es una mujer extremadamente juiciosa.

–¿Crees que es juicioso permanecer junto a un
hombre que eligió serle infiel para convencerla de
que tuviera otro hijo? –preguntó Angele con más curiosidad que amargura.

Desde que había descubierto que estaba embarazada, Angele había comprendido muchas cosas. Su presente exigía tanta concentración que había dejado de lamentarse por su pasado familiar.

Zahir llevó la tetera y dos tazas a la barra.

—La vida es como es.

—Creo que estoy aprendiendo lo que eso significa.

—Ella eligió la mejor solución entre dos males —dijo Zahir en un tono que implicaba que sabía de lo que estaba hablando.

Por si acaso, Angele aclaró:

—Yo no habría elegido esa opción.

—Te aseguro que mi relación con Elsa ha concluido definitivamente.

—Puede ser, pero hay otras Elsas en el mundo.

—A mí no me interesan.

—Espero que sea verdad.

—¿Dudas de mi palabra? —preguntó él con un desconcierto que resultó cómico.

Angele sirvió el té y añadió azúcar al suyo.

—No exactamente.

—¿Entonces...?

—Dudo del futuro.

—No deberías.

Angele habría querido reír, pero se limitó a sacudir la cabeza.

—¡Ojalá fuera tan sencillo!

—Puede serlo.

—Algunas decisiones contribuirían a ello.

—Te refieres a tus condiciones.

—Exactamente.

—Condiciones para casarte conmigo a pesar de que

estás embarazada de mi hijo –Zahir se puso tres cucharadas de azúcar.

Angele siempre había encontrado encantador que fuera tan goloso, otra de las características que no se le habían escapado. No tomaba postre pero le encantaba el chocolate caliente y tomaba el café y el té con mucho azúcar. Y comprobarlo en aquel momento le dio la tranquilidad de saber que algunas cosas no cambiaban. Seguía siendo el hombre del que se había enamorado y con el que había pensado que se casaría.

–Así es.

–Supongo que no van a gustarme.

–No –no tenía sentido negarlo, pero no pensaba sentirse culpable por intentar tener un futuro seguro.

Quizá ya no era tan inocente como para pensar que podía acostarse con el hombre al que amaba y no salir perjudicada, pero al menos necesitaba albergar alguna esperanza hacia el futuro. Y pensaba que la obtendría si Zahir aceptaba sus condiciones.

Él se reclinó en el respaldo del asiento y la miró fijamente.

–Soy todo oídos.

Angele tomó aire antes de contestar.

–Quiero firmar un acuerdo por el que se me permita educar a mis hijos en Estados Unidos si me eres infiel –esperó a que Zahir saltara, pero al ver que guardaba silencio preguntó–: ¿No tienes nada que decir?

–Puesto que has dicho «condiciones», en plural, espero a las restantes.

–¿Y no estás enfadado? –preguntó Angele.

–Considerando tu pasado, lo comprendo. Además,

como no va a suceder, no sé por qué iba a molestarme que necesitaras que te tranquilizara a ese respecto.

Zahir tenía razón en el sentido que era una forma de tranquilizarla. Angele estaba segura de que aunque no le fuera fiel por sí misma, lo sería por el bien de sus hijos y del trono que protegía con tanto ahínco.

Sintiéndose eufórica por haber salvado el que asumía que sería su peor escollo, dijo:

—Me alegro de que no te sientas ofendido.

—Lo estaría si creyera que tu petición se debe a que no confías en mí.

—¿Y no piensas que es así?

—Como he dicho, lo considero una consecuencia de tu pasado familiar.

—¿No crees que tu relación con Elsa tiene algo que ver?

—Eso pasó antes de que nos comprometiéramos oficialmente.

—Pero dijiste que para ti lo estábamos igualmente.

—En la misma medida que considero que el trono de Zohra me pertenece, aunque para ello mi padre tenga que abdicar a mi favor o fallecer.

—¿Quieres decir que siempre habrías hecho una distinción?

—¿No me conoces lo bastante como para saberlo? —preguntó Zahir, adoptando el tono de ofensa que Angele había esperado desde el principio.

—Creía que sí, pero luego recibí las fotografías.

Zahir hizo una mueca de desagrado.

—Te comprendo.

—Ahora me doy cuenta de que mis expectativas

eran de una ingenuidad pasmosa, pero las fotografías me destrozaron.

Zahir la miró asombrado.

–¿Creías que me mantendría célibe desde la firma del acuerdo hasta la boda?

–Sí –las circunstancias le habían demostrado que se trataba de una fantasía adolescente que nunca se había cuestionado como adulta–. Yo lo fui.

–Cuando se redactó el contrato yo era un hombre de veinticuatro años y tú una niña de trece.

–¿Te habría dado lo mismo que yo tuviera un amante?

Zahir abrió la boca para contestar, pero la cerró sin emitir palabra.

–Cuáles son tus otras condiciones –dijo finalmente, prefiriendo no analizar una verdad que, obviamente, le resultaba incómoda.

–Sólo son dos. La primera, que tu heredero tenga derecho a disfrutar de su infancia.

–Yo lo tuve.

–Hasta los siete años.

–No fui desgraciado.

Angele estaba segura de que un hombre como Zahir habría crecido sin problemas bajo cualquier circunstancia, pero se negaba a que su hijo tuviera que verse expuesto a aquel tipo de presión.

–No es un punto negociable.

–¿No te das cuenta que decirme eso es como mostrar una bandera roja a un toro?

–Sí, pero es la verdad –ante la mirada de incredulidad de Zahir, Angele añadió–: A pesar de mis reticencias personales, estoy dispuesta a casarme contigo por el bien de nuestro hijo, y no tiene ningún sentido que lo haga si ser educado dentro de la familia real significa que tiene que hacer sacrificios inaceptables que pueden hacerlo desgraciado.

—Te he dicho que yo no fui infeliz.

—Y yo te digo que me da lo mismo que sea el heredero del trono o una hermana pequeña: mis hijos tendrán la oportunidad de vivir su infancia.

—De acuerdo a tu definición de infancia.

—En cierta forma, sí. Pero estoy dispuesta a discutir contigo aquellos asuntos que para ti sean especialmente importantes.

—Me encantará aceptar el reto.

—No lo dudo.

—¿Y cuál es tu tercera condición?

Era el punto que menos preocupaba a Angele porque suponía que Zahir lo aceptaría sin oponer resistencia.

—Ninguno de nuestros hijos tendrá que aceptar un matrimonio concertado.

—Entiendo que no estés tan contenta con nuestro acuerdo como lo estabas en el pasado, pero eso no significa que haya que acabar con una tradición milenaria —dijo Zahir con actitud digna.

—Es una tradición que debía haber desaparecido en la Edad Media.

—No estoy de acuerdo —replicó Zahir en tono cortante—. Los matrimonios concertados siguen siendo comunes en Oriente Medio, partes de Asia y en el este de Europa. Que hayas crecido en una cultura diferente no quiere decir que una sea superior a la otra.

—Tus hermanos son más felices porque sus matrimonios son una consecuencia del amor y no de un contrato.

–Y mis padres se enamoraron profundamente después de casados porque sus padres habían acordado la unión.

–El riesgo de que no funcione es demasiado grande.

–El amor no es una garantía de felicidad –dijo Zahir, suspirando–. El matrimonio de tus padres debía servirte de ejemplo. Pero si no es así, basta con que te fijes en la tasa de divorcios de tu país de adopción.

–Me sorprende tu negativa a acceder a este punto –era la única condición que Angele hacía esperado que aceptara sin discusión–. Había asumido que tu situación presente bastaría para convencerte.

–Pues estabas equivocada –dijo Zahir. Y se quedó mirándola fijamente en silencio, con una expresión severa que Angele imaginó le daba excelentes resultados en las mesas de negociación.

Sin embargo, no estaba dispuesta a ceder. Zahir no habría sido forzado a casarse con ella de no ser por aquel estúpido contrato firmado por sus familias. Nunca se habría interesado en ella de no haberle pedido aquella noche compartida. La culpabilidad que sentía por haberlo hecho le resultaba una pesada carga. No podía soportar la idea de que su hijo tuviera que pasar por esas mismas circunstancias.

Bebió un sorbo de té para darse valor, pero Zahir habló antes que ella.

–Estoy dispuesto a llegar a un término medio –Angele lo miró expectante y él añadió–: No obligaremos a nuestros hijos a aceptar el acuerdo si no lo desean.

–Eso no es un término medio. Nadie te obligó a ti.

Lo firmaste porque lo considerabas tu deber y te sentías obligado a hacerlo.

—Y no soy yo quien se arrepiente de haberlo hecho.

—Lo serías si Elsa no hubiese tenido otros amantes. Desearías poder casarte con ella.

—Y si lo hubiera hecho, me habría casado con una cazafortunas —dijo él, obviamente aliviado por haber sido salvado de ese destino—. Así que tengo mucho que agradecer al contrato.

—Por eso mirabas a Amir en la boda con tanta envidia.

La expresión que cruzó el rostro de Zahir duró apenas unos segundos, pero bastó para que Angele supiera que confiaba en que nadie se hubiera dado cuenta.

—Yo espero que nuestra relación sea igualmente satisfactoria.

—Pensaba que tenías como cuestión de honor decir siempre la verdad, o al menos no mentir.

—Con el paso del tiempo —añadió Zahir como si tuvieran que tirarle de la lengua.

Angele esbozó una sonrisa. Zahir estaba tan decidido a cumplir con su deber que era capaz de inventarse una esperanza que no tenía ninguna base real en el presente.

—Pero no crees que el amor tiene cabida en un acuerdo como el nuestro.

—Estamos saliéndonos del tema.

—Tienes razón. Repito: no habrá matrimonios concertados para nuestros hijos.

—Estoy de acuerdo en no obligarlos a aceptarlos,

pero no dejaré de ejercer mi autoridad o de liderar la
negociación si así me lo piden.

Angele pensó que eso significaba tanto como acceder a su condición.

–¿Prometes obedecer no sólo a la letra sino al es-
píritu de este punto?

–No eres una empresa de la competencia o una na-
ción con la que tenga intereses políticos. Aunque no
lo creas, sé distinguir entre el estado y la familia –lo
que sin constituir un sí, podía ser incluso mejor.

Era su manera de afirmar que tanto ella como sus
hijos entraban en otra categoría en su vida. Aunque
no tuviera su amor, al menos ocuparía un lugar exclusivo en su vida. Y eso, por el momento, debía bas-
tarle.

Capítulo 7

ANGELE despertó oyendo a Zahir hablar rápidamente en árabe en la otra habitación. Él había insistido en que se echara un rato mientras se ocupaba de encargar la cena.

Al mirar el despertador, descubrió con asombro que habían pasado algo más de dos horas. Desde su vuelta de Zohra no había dormido bien, y había estado segura de que no llegaría a quedarse dormida a pesar de la insistencia de Zahir de que descansara.

Pero en aquel momento no sonaba como un futuro marido preocupado, sino como un hombre enumerando ideas sobre cómo hacer público el embarazo de su futura mujer.

Se puso en pie, contenta de haberse librado del mareo que la había acompañado las semanas anteriores, y después de ir al cuarto de baño, salió al salón, donde encontró a Zahir, sin chaqueta ni corbata, sentado en el sofá. Sobre la mesa del café había un ordenador abierto en una página web sobre el cuidado y la alimentación de las mujeres embarazadas.

La sonrisa que curvó sus labios se borró en cuanto se dio cuenta de que hablaba con su padre. Y si se lo había contado a Faruq, sus padres se enterarían pronto, si es que todavía no lo sabían.

Sintiendo que las rodillas le flaqueaban, se sentó en el sofá. Zahir la miró al instante con expresión preocupada y colgó el teléfono con una precipitación que Angele no le había visto usar nunca antes con el rey.

—¿Estás bien? —preguntó, inclinándose hacia ella y escrutando su rostro—. Pensaba que descansar te sentaría bien, pero estás muy pálida.

—¿Por qué le has contado a tu padre lo del embarazo sabiendo que no quería que lo hicieras?

—Pero Angele, cómo no iba a decírselo si es una bendición.

—No es ésa la impresión que he tenido cuando te lo he dicho.

—Porque primero pensé en los problemas potenciales. Es una de mis características.

Su tono de indiferencia a pesar de que trataba un asunto tan personal era otra de sus características. Y aunque Angele la había encontrado divertida en el pasado, en ese momento le resultó frustrante.

—También nos pusimos de acuerdo en el coche sobre la conveniencia de esperar a anunciar el embarazo.

—En realidad estábamos en la acera.

Angele resopló frustrada ante aquel intento de bromear por parte de Zahir.

—No opusiste resistencia —Angele tomó aire y lo soltó lentamente para evitar que le volvieran las náuseas—. El silencio es una forma de aceptación.

—No estoy de acuerdo.

—Pensaba que esperaríamos a hablar con nuestras familias a que tú yo termináramos nuestra conversación.

–No se lo he contado a tu familia.

–¿No piensas que tu padre querrá compartir la noticia con el rey Malik y con mi padre?

Zahir se encogió de hombros sin dar la menor muestra de arrepentimiento.

–Vale la pena compartir buenas noticias.

–Eres un manipulador.

–Yo prefiero considerarme un maestro en la resolución de problemas.

–Llámalo como quieras, pero no dejaré que vuelvas a engañarme.

–No te he engañado. He evitado un conflicto innecesario para prevenir problemas futuros.

–Pues has conseguido enfadarme.

–¿Por qué?

–Porque quería esperar a contarlo –dijo ella con ojos centellantes–. Y por lo que he oído, no sólo quieres que lo sepa la familia, sino el mundo entero.

–Ya te he dicho cuál era mi punto de vista.

–¿Eso es todo? ¿Aunque no estemos de acuerdo se hace lo que tú dices?

–¿Te haría sentir mejor que lo negara?

–Me haría sentir mejor saber que actuarás en consecuencia.

–Las cosas no van a ser siempre como yo quiera.

–¿Ah, no?

–¿Acaso no te marchaste de Zohra?

–¿Quieres decir que aunque hubieras podido, no me lo habrías impedido? –dijo ella sin disimular su escepticismo.

–No me diste la oportunidad de demostrarlo.

–¿Y?

–Eso demuestra que eres inteligente y capaz. Así que no siempre me saldré con la mía.

–Necesito que me prometas que no actuarás sin tener en cuenta mis sentimientos. No quiero un matrimonio basado en la competición.

–No somos niños.

–En eso estamos de acuerdo.

–He tenido en cuenta tus sentimientos.

–Pero aun así has llamado a tu padre para darle la noticia.

–Haber esperado sólo te hubiera causado más preocupaciones y estrés. Prolongar la ocultación puede dar lugar a que sean otros quienes controlen los tiempos.

–Eres la única persona que sabe que estoy embarazada.

–¿No te ha visto un médico? –preguntó él con desaprobación.

Angele puso los ojos en blanco.

–Por supuesto que sí. Y todo está bien.

–Me alegro, aun así quiero que el médico de la familia te explore.

–No lo dudaba.

–¿Y tu médico sabe que yo soy el padre?

–Sabe que estoy embarazada, no quién es el padre. Además, tendría que guardar el secreto de confidencialidad por ley.

–Y luego dices que no eres ingenua.

–Zahir, no estamos en Zohra. La doctora Shirley no tiene ni idea de que el padre de mi hijo pueda ser de interés para la prensa. Y yo no soy famosa.

–Puede que las cosas hayan cambiado desde la boda de Amir.

–¿Te refieres a tu público esfuerzo por conquistarme? Pero si dejé Zohra hace seis semanas y no me has llamado ni una vez.

–Te he mandado regalos a diario.

–Pero no has hecho ni una llamada.

–No creo que te haya molestado.

–Y no lo ha hecho, pero tampoco me ha sorprendido.

–Yo no puedo decir lo mismo. Tu comportamiento desde la noche que pasamos juntos me ha dejado perplejo.

–Te puse sobre aviso.

–Pero pensaba que tu petición se debía a que dudabas de que pudiera haber pasión entre nosotros.

–¿Y dándome pruebas de que me equivocaba pensabas que aceptaría seguir adelante con el plan de boda? –preguntó ella, asombrada.

–Sí.

–Sólo escuchas lo que quieres.

–Es un defecto.

–Pero nadie te acusa de ello.

–Eso es verdad.

–Sin embargo, no lo niegas.

–¿Cómo voy a negarlo? Es evidente que quise entender lo que me parecía más posible y aceptable.

–Lina rompió el compromiso con tu hermano. ¿Eso era más probable?

–Tú no eres Lina.

–No. Ella fue educada con un sentido mucho más estricto de la responsabilidad familiar.

–Lina no estaba enamorada de mi hermano.

Angele no pudo discutir ese punto. Lina y Amir,

a pesar de haber crecido en círculos próximos, apenas se conocían.

–Veo que no niegas que me amas.

–¿Para qué iba a hacerlo?

–En el coche has dicho que en la decisión de casarte no entraban tus sentimientos. Es lógico que te pregunte si éstos han cambiado.

–La decisión la he tomado por el futuro de nuestro hijo.

–¿Todavía me amas? –preguntó él a bocajarro.

–¿Acaso importa?

–Me gustaría saberlo.

Puesto que él había sido sincero, Angele pensó que no podía serlo menos.

–Sí, pero considero que estar enamorada es una desventaja en esta situación.

–No lo es. Nuestra vida en común será mucho más fácil.

–¿Crees que te voy a dejar hacer lo que quieras porque te amo? –preguntó ella con suspicacia.

–No soy tan tonto, pero confió en que contribuya a que seas más feliz.

Angele temía que sólo le causara dolor, pero no estaba dispuesta a admitirlo.

Al oír el telefonillo, miró a Zahir expectante.

–La cena –dijo él para tranquilizarla.

Y Angele confío en que acertara porque no estaba de humor para recibir a sus padres y jugar a la familia feliz. Todavía estaba enfadada con su padre por haber dado permiso a Zahir de que hiciera públicos sus esfuerzos por cortejarla. De hecho, temía que lo hubiera instigado.

Y aunque su madre había acabado por perdonarla, inicialmente Lou-Belia se había mostrado dolida y enfadada.

Uno de los guardaespaldas de Zahir contestó y el otro bajó al portal a recoger la cena.

Zahir sonrió con sarcasmo.

–No te hagas el gracioso –dijo ella–. Sabes que vendrán antes o después.

–¿No quieres verlos y compartir la feliz noticia con ellos?

–¿Qué parte de «no quiero decírselo a nadie» no comprendes, Zahir?

Él la miró con desaprobación.

–Me da la sensación de que eres tú quien rechaza la llegada de nuestro hijo.

Angele fue a decir que por supuesto que renegaba de haberse quedado embarazada, pero calló a tiempo, consciente de que, una vez pronunciadas, las palabras no podían ser borradas.

Además, nunca diría algo así respecto a su bebé por mucho que hubiera transformado su vida. Después de todo Angele llevaba más años convencida de que se casaría con Zahir que de lo contrario.

Era hora de asumir sus circunstancias como una adulta. Iba a convertirse en la princesa Angele bin Faruq al Zohra y algún día, confiaba en que Dios interviniera para que fuera en un futuro lejano, sería reina.

–Por muchas complicaciones que suponga, no me arrepiento de estar embarazada –se llevó la mano al estómago–. Pero no estoy de humor para mostrarme entusiasmada delante de mis padres. Entre otras cosas, porque no hago más que combatir con las náuseas y con el mareo.

Zahir asintió con cara de concentración.

–He estado estudiando qué se puede hacer para limitarlas a las mañanas.

–He probado con galletas de jengibre, pero no sirven de nada.

–He leído sobre otras opciones y según nuestro médico la vitamina B6 puede ayudar. También recomienda pulseras de presión como las que se usan para el mareo causado por los viajes.

–No se si la vitamina me duraría lo bastante en el estómago como para surtir efecto.

–También hay una combinación de medicamentos que puede administrarse con una inyección hipodérmica, pero que puede atontarte.

Aunque la idea no le agradaba, Angele pensó que cualquier cosa sería mejor que sentirse mal todo el tiempo.

–Sobreviviré.

–Pero no te resultará fácil seguir trabajando.

–Hoy era mi último día en la revista –Angele había presentado su dimisión al poco de saber que estaba embarazada.

–Pensaba que convencerte de que dejaras el trabajo daría lugar a una discusión –dijo él, gratamente sorprendido.

–No tendría sentido.

Angele había decidido que era absurdo pensar que una ayudante del editor pudiera ir a la revista escoltada por guardaespaldas. Además, sabía que una vez se casaran no seguiría viviendo en Estados Unidos, aunque esperaba poder ir de visita lo más a menudo posible.

—Veo que te has adaptado pronto al cambio de circunstancias —dijo él, pensativo.

—He tenido muchos años para planear lo que sucedería cuando nos casáramos.

—Eso es verdad —tras reflexionar unos segundos, Zahir añadió—: ¿Entonces, no te vas a negar a vivir en Zohra?

—Sólo dije eso en la nota de prensa como excusa. Aunque no haya crecido allí, adoro Zohra. Te advertí que no consentiría que te culparan de nuestra ruptura.

—Creo que nunca he estado tan furioso como cuando leí esa nota.

Zahir habló en un tono tan pausado que cualquiera habría pensado que exageraba, excepto por el brillo en sus ojos, que parecían acero derretido. Y Angele pensó que no lo conocía tan bien como siempre había creído.

Ver un vestigio de su ira la sacudió, aunque pensó que no debía haberla tomado de sorpresa que Zahir hubiera malinterpretado el motivo de su deserción.

Aun así, no estaba dispuesta a creer que nunca hubiera estado tan furioso.

—¿Ni siquiera cuando te diste cuenta de que tu antigua amante, de reputación cuestionable, te amenazó con sacar a la luz vuestra relación?

El rostro de Zahir se ensombreció fugazmente cuando Angele usó las palabras «de reputación cuestionable», pero fue la única indicación que dio de que lo alterara.

—¿Sabías que era ella? —preguntó, sorprendido—. En tu carta no decías nada.

–No sabía si seguías queriéndola –y Angele no había querido herirlo aún más de lo que iban a hacerlo las fotografías y el chantaje.

–Nunca intentará volver a hacerte daño –dijo él en un tono que no dejaba lugar a duda.

–Angele asintió.

–Asumo que has hecho algo para evitar que perjudicara tu buen nombre.

–Mi reputación en este caso era una consideración secundaria.

Aunque a Angele le costó creerlo, no se molestó en cuestionarlo. Tenía asuntos más importantes que tratar.

–¿Cuándo vamos a casarnos?

Zahir ni parpadeó ante el súbito cambio de tema.

–Puesto que estás embarazada de seis semanas, no vale la pena precipitarnos para evitar los rumores.

–¿Por eso quieres anunciar el embarazo antes que el compromiso oficial?

–Haremos el anuncio conjuntamente.

–¡Qué encantador! –dijo Angele con sorna. De esa manera, el mundo entero creería que se casaba porque estaba embarazada de su posible futuro heredero.

¿Qué diferencia había entre eso y que la boda fuera producto de una acuerdo entre dos reyes? Quizá ninguna, y si la había considerado de menor importancia era por sus sentimientos hacia Zahir.

–Podríamos hacer una celebración discreta lo antes posible –comentó.

Lou-Belia sufriría un ataque de nervios si supiera que su hija tenía que casarse precipitadamente.

–¿Una boda discreta para el príncipe heredero de

Zohra? –repitió Zahir como si le costara pronunciar la palabra–. No creo que sea posible.

–No todo tiene que realizarse a una escala mundial –protestó Angele.

Pero la mirada de Zahir fue definitiva.

–Aprende a aceptar lo inevitable. Somos líderes políticos, no celebridades que puedan escapar a una isla para celebrar su boda. Nuestro pueblo espera la oportunidad de compartir nuestra felicidad.

–Entonces, ¿qué vamos a hacer? –preguntó ella malhumorada–. Preferiría no recorrer la nave de la iglesia embarazada de nueve meses.

–Eso no sucederá. Sólo esperaremos a que se te pasen las náuseas.

–De acuerdo –tampoco le apetecía desmayarse delante de su familia y de los líderes mundiales.

–Tenemos suerte. Normalmente un acontecimiento como éste lleva un año de planificación, pero mi padre va a ser el anfitrión de una reunión para tratar los precios del petróleo dentro de dos meses. Si hacemos coincidir la boda con ese acontecimiento, ya estarán en Zohra los principales líderes políticos.

Aunque no parecía un escenario especialmente romántico, Angele tuvo que admitir que toda la culpa era de ella, aunque dudaba de que, de haber seguido con el plan original, las cosas hubieran sido muy distintas.

–Nuestra boda es un acontecimiento político –remató Zahir.

Angele siempre había sido consciente de ello, pero nunca había reflexionado sobre lo que implicaba plenamente. Hasta ese momento había pensado en lo que representaba para las relaciones entre Zohra y Jawhar. Pero Zahir no era uno de sus hermanos, sino el príncipe heredero, futuro rey de un país rico en petróleo y minerales.

—Lo he hecho fatal, ¿verdad?

En lugar de negarlo, Zahir citó un proverbio árabe similar a «lo hecho, hecho está».

—A pesar de todas mis fantasías y sueños, nunca me había planteado seriamente lo que implicaba estar casada contigo.

—Si hubieras vivido en Zohra, habrías recibido el entrenamiento adecuado.

Angele recordó que la noche que habían pasado juntos, él había dicho que una observación no tenía por qué ser una crítica.

—Pero te pareció bien que fuera a la universidad.

—Porque sabía lo que significaba casarme contigo.

Zahir había vuelto a adoptar un tono neutro que no permitía adivinar lo que pensaba.

—¿Y eso no era más razón para que insistieras en que recibiera la educación adecuada?

—Quería que tuvieras una vida lo más normal posible antes de nuestra boda. Tanto mi madre como mi tía han prometido ayudarte en tu nuevo papel.

—Has resuelto un montón de cosas en las dos horas que he estado dormida.

Angele no estaba molesta. Siempre le había admirado lo eficaz que era y no podía quejarse de que volcara su energía en ella.

—Lo solicité hace años, cuando pediste ir a la universidad.

—Ahora comprendo por qué he pasado tanto tiempo

con las reinas en mis visitas a Zohra o a Jawhar –comentó Angele, pensativa–. Pensaba que tu madre quería conocerme mejor.

–Y así es. Pero también estaba enseñándote por medio del ejemplo y compartiendo sus conocimientos contigo.

–¡Qué astuto!

–Preferiría que me llamaras sutil. No quería que te sintieras abrumada por las responsabilidades –tras una pausa, Zahir añadió en tono reflexivo–: Aunque quizá fuimos demasiado sutiles, porque no eres lo bastante consciente de cuál va a ser tu papel desde ahora.

Podía ser cierto, pero Angele no quería reconocerlo.

–Quizá temías que me asustara y rompiera el acuerdo.

–Curiosamente, jamás se me pasó por la cabeza que hicieras eso –Zahir se encogió de hombros y dijo algo en francés que Angele interpretó como «estúpido».

–No eres estúpido.

–Debo serlo si he juzgado equivocadamente a dos mujeres importantes de mi vida.

Capítulo 8

¿ME ESTÁS comparando con Elsa? –preguntó Angele con una aparente calma que ocultaba su indignación.

Ella podía haber cometido errores, pero no era tan cruel como para engañar a Zahir para después intentar chantajearlo.

–No porque os parezcáis, sino porque me he equivocado con las dos.

Angele quiso defenderse.

–Yo no te he traicionado.

Zahir dijo un proverbio con el que le dio a entender que su huida había sido una forma de traición. Angele miró hacia otro lado porque no podía soportar la idea de haberle hecho daño.

–Sólo intentaba protegerme de un matrimonio sin amor, a la vez que te devolvía la libertad.

–Te creo.

–Pero no crees que fuera un regalo.

Angele sabía que su sacrificio no había sido meramente altruista, pero era verdad que había querido darle una oportunidad de ser feliz. No había creído tener la capacidad de hacerle daño, pero evidentemente se había equivocado, y aunque quizá no le hubiera afectado emocionalmente, había sido un golpe para su orgullo y su sentido del honor.

Por no mencionar la confianza que tenía en ella.

Al ver que Zahir no contestaba, suspiró.

—Así que ahora tenemos que organizar una boda espectacular para todo el mundo en sólo dos meses.

—Eso es.

Zahir parecía tan dispuesto como ella a cambiar de tema. No tenía sentido quedarse atascado en discusiones sin solución. Angele decidió demostrarle que había actuado movida por el amor que sentía por él.

Zahir le había demostrado que hasta entonces había intentado protegerla y apoyarla en las decisiones que había tomado para ser feliz, tal vez porque desde su punto de vista los años de espera la beneficiaban a ella tanto como a él.

Por otra parte, había dicho en numerosas ocasiones que creía en la fidelidad dentro del matrimonio, así que para oficializar su relación habría tenido que romper con Elsa, y aunque sabía que no lo había hecho por voluntad propia, Angele se dijo que también él merecía haber tenido un periodo de felicidad antes de asumir sus responsabilidades como rey.

Desafortunadamente para él, las cosas había terminado mal y causándole un dolor con el que no había contado.

Así que Angele decidió que, aunque no la hubiera elegido a ella para evadirse de su realidad, le demostraría que podía ser incluso mucho más que eso para él. Que Angele bin Kemal al Jawhar sería una fuente de permanente alegría en su vida diaria.

Y empezaría en ese mismo momento, colaborando con la organización de la boda con tanto entusiasmo y diligencia como le fuera posible.

—Creo que debemos llamar a los expertos.

—¿Un organizador de bodas? ¿Al departamento de relaciones públicas? ¿Al coordinador de ceremonias de palacio? —fue enumerando Zahir al tiempo que hacía anotaciones en el teléfono.

—A todos ellos. Pero estaba pensando en las reinas y en mi madre. Nadie organiza una fiesta como Lou-Belia.

Zahir la miró con sorpresa.

—Creía que no querías hablar con tus padres.

—No tiene sentido retrasarlo —por diversas razones. Incluida que Angele no era egoísta por naturaleza—. Mamá se sentirá herida si no la llamo esta noche, pero tendremos que coordinar una videoconferencia con ella y las reinas para mañana.

El telefonillo volvió a sonar.

—Justo a tiempo —dijo Angele, poniéndose en pie convencida de que se trataba de sus padres.

Uno de los guardaespaldas se adelantó a contestar.

—¿Por qué siempre que llaman al telefonillo crees que son tus padres? —preguntó Zahir.

—¿Acaso dudas de que el rey Malik habrá llamado a mi padre para ahora? —preguntó Angele a su vez.

—Supongo que sí. ¿Pero tus padres no están en la lista de visitantes del portero?

—Sí, pero el portero tiene la obligación de avisarme de que va a subir alguien.

—Entiendo. Es muy distinto al palacio.

—Sí. Se parece más a un hotel.

—Ni siquiera en los hoteles puede subir a verme nadie hasta que ha pasado dos controles de seguridad. No hay telefonillos en mi vida.

Angele rió aunque no estaba segura de que Zahir pretendiera bromear. Aunque habían crecido como una familia, sus vidas eran diametralmente opuestas en muchos sentidos.

Unos minutos más tarde, la puerta se abrió y, en lugar de sus padres, entró su ginecóloga.

Angele miró boquiabierta a la mujer madura de cabello grisáceo.

—¿Haces visitas a domicilio?

La doctora Shirley miró a Zahir antes de contestar a Angele.

—Parece ser que, en tu caso, sí.

—¿Qué has hecho? —preguntó Angele a Zahir, inquieta.

—Te aseguro que no la he coaccionado —se defendió él.

La doctora volvió a dirigirle una mirada intencionada.

—No, sólo ha hecho que me llame alguien de la Casa Blanca.

—¿La Casa Blanca? —repitió Angele casi en un grito.

—Sí. Hasta me han localizado en mi busca. Una locura —la doctora sonaba entre irritada y divertida—. Jamás me había llamado un congresista y menos aún un asistente de la presidencia.

—¿Qué te ha dicho? —preguntó Angele, dominada por la curiosidad. Ella tampoco había hablado nunca con alguien de la Casa Blanca.

–Que por el interés de las relaciones internacionales debía venir a verte esta noche.

–¡Qué locura!

Shirley rió.

–Yo he pensado lo mismo. Parece ser que el padre de tu bebé está preocupado por tus náuseas.

Por lo visto, lo bastante preocupado como para convertirlo en asunto de estado.

–Creía que íbamos ocuparnos de eso mañana –dijo Angele.

–¿Para qué? –dijo la doctora con sorna–. Traigo preparada una inyección.

–Lo estás pasando en grande –dijo Angele.

–Así es.

–¿No perjudicará al bebé?

–Por supuesto que no. No te daría nada que pudiera ponerlo en riesgo. Quiero que probemos las pulseras de presión, pero por ahora te voy a poner una inyección de vitamina B6.

–¿Me dará somnolencia? –preguntó Angele recordando la conversación con Zahir.

–No. Esta noche toma estas pastillas para dormir antes de ir a la cama –la doctora le pasó una caja que le resultó familiar–. Se pueden tomar estando embarazada y multiplican el efecto antináuseas de la vitamina.

–Cuando mi madre toma esas patillas se pasa el día amodorrada.

La doctora se encogió de hombros.

–A veces pasa, dependiendo de la dosis y de tu reacción.

–Tengo demasiadas cosas que hacer como para estar atontada.

–Tu salud es lo más importante de todo –intervino Zahir.

Angele sonrió, emocionada.

–Gracias por tus desvelos –se volvió a la doctora–. Preferiría probar antes la otra opción.

En ese preciso momento sintió un retortijón en el estómago y tuvo que tragar compulsivamente. Cuanto antes se librara de aquello, mejor.

–No creo equivocarme si asumo que has tenido un día muy alterado –dijo la doctora Shirley–. Así que te recomiendo que hoy tomes la pastilla y que duermas lo más posible. Por lo que me dijiste en la consulta el último día, apenas descansabas.

–He estado un poco inquieta.

–Teniendo en cuenta quién es el padre de tu hijo, no me extraña –la doctora le presionó el hombro afectuosamente–. No es muy frecuente formar una familia con un futuro rey.

–Me siento muy honrada –dijo Angele. Y era cierto. Pero también, abrumada.

–Estoy segura, pero también estás cansada. Y para el niño no es bueno.

–He echado una siesta hace un rato.

–Pero sigues teniendo unas profundas ojeras.

Angele miró a Zahir contrariada.

–¿Por qué no me has dicho que estaba horrorosa?

–Porque no es verdad. Además, te he dicho que necesitaba descansar.

–Así que tengo ojeras, ¿eh? –preguntó Angele a la doctora.

–Tremendas.

Angele dejó escapar una carcajada y suspiró.

–¿En el brazo o en el trasero?

–Vayamos al dormitorio.

En el trasero.

Por primera vez desde hacía varias semanas, Angele despertó sintiéndose bien, sin síntomas de gripe ni una necesidad perentoria de devolver. Estaba un poco adormilada, pero eso era mejor que sentirse nauseosa.

Aunque la cama estaba vacía, el hueco de la almohada a su lado era indicativo de que no había pasado la noche sola, y a pesar de los contradictorios sentimientos que tenía respecto a la boda, le encantó imaginar que Zahir había dormido a su lado.

Se había engañado al creer que podía evitar casarse con Zahir si él se proponía lo contrario. Haberse quedado embarazada hacía más fácil aceptar la situación, pero estaba convencida de que Zahir habría acabado quebrando su resistencia igualmente una vez hubiera tenido claro que no tenía intención de cambiar el plan inicial de compartir su futuro con ella.

Angele sólo podía confiar en que ninguno de los dos se arrepintiera.

Siguió el aroma a café hasta la cocina, donde encontró a Zahir y a un hombre mayor de mirada amable sentado a la mesa.

Los dos se pusieron en pie al verla entrar.

–Buenos días, caballeros –saludó ella, sonriente.

Zahir presentó al hombre como Bin Habib, médico de la familia real de Zohra.

–Mi ginecóloga estuvo aquí anoche –Angele miró a Zahir–. ¿Cuántos médicos necesito?

–Técnicamente, el doctor Bin Habib actúa en este momento en nombre del bebé, pero va a tratarte en coordinación con tu ginecóloga cuando volvamos a Zohra.

–No me digas que has intentado coaccionar a la doctora Shirley para que venga con nosotros. No soy su único paciente.

–No he hecho nada de eso.

El tono que usó Zahir hizo que Angele lo mirara con suspicacia. Él se encogió de hombros en un gesto de total inocencia.

–No creo que ofrecerle una persuasiva remuneración económica pueda considerarse una coacción –dijo a modo de excusa.

–¡Zahir!

–¿Qué querías que hiciera, que le dejara poner el bienestar de sus demás pacientes por delante del tuyo?

–Estoy segura de que hay médicos muy competentes en Zohra –dijo Angele, aunque no pudo negar que se sentía aliviada por no tener que cambiar de médico.

–Es mejor mantener la continuidad del tratamiento.

–Así que ha pasado las inspecciones a las que la hayas sometido –bromeó Angele.

Sabía que de no haber considerado a la doctora Shirley una excelente profesional, Zahir no habría dado aquel paso.

–Es la mejor.

–¿Ha aceptado tu oferta?

–Sí. Viajará ahora con nosotros y, si no hay complicaciones, volverá a Zohra una vez al mes. El séptimo mes se alojará en el palacio hasta que des a luz.

–¿Prometes que no has hecho nada para obligarle a aceptar?

–¿Como qué?

–Como que la llamaran de la Casa Blanca o algo por el estilo.

–Te lo prometo.

Angele asintió. Mientras que la doctora hubiera accedido voluntariamente, no tenía nada que objetar.

–¿Hay café descafeinado?

–Por supuesto –dijo Zahir, sirviéndole una taza.

El doctor Bin Habib inclinó la cabeza.

–Me retiraré al salón mientras la princesa desayuna.

Angele no se molestó en aclarar que no era princesa.

–No tardaré –dijo en cambio–. Últimamente no como mucho.

–Estoy seguro de que vas a encontrar el desayuno nutritivamente equilibrado de tu gusto –apuntó Zahir.

Angele puso los ojos en blanco aunque le sonrió.

–Haré lo posible.

Pero no estaba dispuesta a volver a sentir náuseas por comer en exceso por muy bueno que estuviera.

Zahir le apartó una silla y ella se sentó dándole las gracias al tiempo que el médico se ausentaba.

Zahir charló de temas intrascendentes, esperando a que acabara para sacar el tema de la boda.

–He organizado una videoconferencia con nuestras madres y la reina de Jawhar, así como con el coordinador de celebraciones del palacio.

Angele se mordió la lengua para no hacer el primer comentario que le pasó por la mente, y dijo:

–Estupendo. ¿A qué hora?

–A las once.

–Supongo que mi madre llegará en menos de una hora.

Angele la había llamado después de recibir la inyección la noche anterior. Lou-Belia había reaccionado con una sorprendente calma a la noticia de que iba a ser abuela, había accedido a acudir por la mañana una vez que Angele hubiera descansado.

Angele seguía teniendo la sospecha de que Zahir había contactado a su padres con anterioridad y que les había pedido que insistieran en que durmiera.

–¿También viene tu padre?

–Sí.

–Vas tener un día muy ajetreado.

Angele se preguntó si ajetreado era un sinónimo de difícil, y se dijo que el de Zahir también lo sería pues todavía tenía que decidir cómo anunciar la escandalosa noticia mitigando las críticas en la medida de lo posible.

La prensa iba a acribillarlo a preguntas y a tratarlo como un príncipe caído en desgracia. Y todo por su culpa.

Saber que Zahir había asumido que tomaba la píldora incrementaba su sentimiento de culpa.

–¿Por qué pones esa cara? –preguntó Zahir con expresión consternada–. ¿Quieres que pospongamos la reunión?

–No podemos.

–Si es lo que necesitas, todo es posible.

–¿Cómo puedes ser tan amable conmigo?

–¿Cómo no voy a serlo?

–Yo tengo la culpa de que estemos en esta situación.

–Echarte la culpa no conduce a nada, pero si no puedes evitarlo, asígname la parte que corresponde. Fui yo quien esperó demasiado tiempo a actuar.

–Pero yo sabía que no estaba tomando ningún método anticonceptivo.

–Sí.

–¿Y eso no te enfurece? Ayer te enfadaste.

–Ayer forma parte del pasado.

Y Angele supo que se refería tanto al día anterior como a la noche que habían pasado juntos.

–Esto va a dar lugar a numerosos rumores y especulaciones durante meses.

–Lo dudo. Y no puedo olvidar que, si Elsa hubiera sido más negativa y menos avariciosa, la situación sería mucho más grave.

Angele observó la tensión que ese pensamiento le causaba y se apresuró a decir:

–También eso forma parte del pasado.

Aunque Zahir se encogió de hombros, Angele sabía que estaba menos dispuesto a perdonarse a sí mismo que a los demás.

–No voy a olvidar fácilmente que me he comportado como un estúpido –dijo él, confirmando sus sospechas.

–Pues ya que los dos hemos sido idiotas, ha llegado el momento de mirar hacia delante.

Desconcertándola, Zahir rió.

–No creo que nadie me haya llamado nunca idiota.

–Al menos a tu cara –bromeó ella.

Zahir enarcó las cejas.

–Ni a mis espaldas.

–Vuelves a dar muestras de arrogancia.

–Siempre está cerca de la superficie.

–¿Y qué hay del humilde servidor de su pueblo?

–No son mutuamente excluyentes.

–Al menos en tu mundo.

–Que ahora es el tuyo.

–Tienes razón.

–Me gustaría que te hiciera más feliz.

–Lo hecho, hecho está –dijo ella, repitiendo el dicho.

Zahir apretó los dientes.

–Hubo un tiempo en el que saberte mi prometida te hacía feliz.

–Va a sonar a cliché, pero he madurado –dijo Angele, sonriendo para suavizar la posible ofensa.

No pretendía herirle, sino decir la verdad.

–Esas palabras no suenan amargas en tus labios –dijo Zahir.

Angele se alegró, porque estaba decidida a mantener la promesa que se había hecho de aceptar su destino sin protestar.

–Porque no siento amargura.

–Entonces tenemos un futuro esperanzador.

–Supongo que sí.

Aunque nunca llegara a crear la familia feliz con la que había soñado, podrían formar un sólido matrimonio y tener una vida plena juntos.

Y ella haría lo que estuviera en su mano para lograrlo.

Capítulo 9

LAS ESPERANZAS de Angele se vieron satisfechas a lo largo de las siguientes semanas. Zahir permaneció en los Estados Unidos con ella mientras se terminaban los preparativos para su definitiva mudanza a Zohra, y le prometió que compraría una casa a la que poder volver regularmente de visita.

El anuncio de la boda y del futuro nacimiento de un hijo tuvo una recepción sorprendentemente positiva en Zohra y Jahwar. La prensa sensacionalista no pudo ensañarse con ellos porque la oficial recibió todos los detalles precisos, así como fotografías de «la feliz pareja» una vez Angele se instaló en Zohra.

Zahir se ofreció a dar una rueda de prensa acompañado por su padre, pero Angele insistió en estar a su lado. Lou-Belia le había dado el consejo de comportarse desde un principio como pretendía hacerlo en el futuro y Angele no quería ser una esposa pasiva, refugiada tras las paredes de palacio. Concedieron una entrevista a un famoso periodista y Zahir dejó claro que los problemas de comunicación durante el noviazgo eran su culpa enteramente.

Su imagen de héroe se acrecentaba día a día ante

su pueblo, y Angele se dio cuenta de que cada vez estaba más enamorada de él. Zahir bin Faruq al Zohra era todo lo que podía desear en un marido.

Por su parte, él continuó con lo que Angele definió como «innecesario cortejo», llevándola a cenar, regalándole flores y sorprendiéndola con todo tipo de detalles.

Mantener sus sentimiento bajo control se hacía cada vez más difícil, pero Angele no estaba dispuesta a manifestarlos cuando Zahir mantenía los suyos a buen recaudo. Angele no apreciaba ninguna indicación de que los sentimientos de Zahir hacia ella se hubieran transformado. De hecho, su rotunda negativa a tocarla más allá de algún superficial beso en los labios, era la prueba de que la pasión que le había manifestado en aquella primera noche, se había apagado completamente. Aunque había compartido con ella la cama en el apartamento, siempre se acostaba mucho más tarde y se levantaba más temprano. Y jamás había hecho el menor ademán de tocarla íntimamente.

Eso no significaba que no participara en los preparativos de la boda y que mientras que a Angele le daba lo mismo el color de los manteles, o cómo debían bordarse las coronas de Zohra y Jawhar, él opinaba sobre eso y sobre muchas más cosas. Por ejemplo, aconsejando a Lou-Belia sobre el ajuar de Angele. Ésta no tenía ni idea de qué había sugerido, pero vio que su madre se indignaba.

—Como si yo no supiera lo que favorece a mi hija —dijo malhumorada mientras iban de compras por París.

–Se ve que habéis olvidado que llevo años eligiendo mi ropa –protestó Angele. De hecho ni siquiera parecían recordar que había trabajado en una revista de moda.

–¿No quieres que te ayude? –dijo Lou-Belia, sonando a un tiempo dolida y desconcertada.

–Claro que quiero que me acompañes –dijo Angele, evitando mentir con la esperanza de que su madre no lo notara.

De todas formas, habría dado lo mismo. Para el final del día, Angele estaba harta de recibir consejos de su madre y de Zahir, quien no sólo se había puesto del lado de Lou-Belia, sino que había llamado a dos casas de alta costura con las que habían concertado una cita y había hecho sugerencias sobre lo que quería que Angele se probara.

Sus gustos eran considerablemente atrevidos para un hombre que la trataba como a una prima distante.

Cuando Angele dijo algo en ese sentido, Lou-Belia replicó:

–¡Tonterías! Te trata con respeto.

–Yo preferiría que me tratara como a una mujer.

–Se ve que ya lo ha hecho o no estaría preparándome para ser abuela antes de que acabe el año.

Angele miró a su madre dando la conversación por terminada porque no quería hablar de la ausencia de interés que Zahir manifestaba por el lado físico de su relación. Lo que no impedía que pensara en ello obsesivamente. Cada día que Zahir la trataba como a una frágil princesa de cristal le hacía recordar todos los años que la había ignorado. Y aunque le hubiera prometido que no tendría amantes, Angele no podía evitar pensar en ello cuando no podía conciliar el sueño.

Zahir ayudó a Angele a bajar de la limusina mientras sus guardaespaldas evitaban que la prensa se aproximara. No era la primera vez que acudía a un restaurante con su futura esposa. Estaba acostumbrado a despertar curiosidad, a ser observado. Después de todo era el futuro rey. Y Angele aceptaba la situación con aplomo, consiguiendo que se sintiera orgulloso de ella y sorprendido de sus habilidades como persona pública.

En general, él prefería mantener un perfil más discreto, pero un compromiso de más de diez años exigía algunos esfuerzos adicionales.

Y eso que no parecían estar teniendo ningún efecto en la mujer que pronto llevaría su nombre. Angele se había ocultado tras una fachada de sonriente indiferencia que lo irritaba doblemente porque la convertía en alguien que no conocía. Desde que podía recordarla, Angele lo había mirado con adoración, y sólo cuando ésta había desaparecido de sus ojos, se había dado cuenta de hasta qué punto la echaba de menos.

Siempre se mostraba amable, pero nunca expresaba ninguna emoción más intensa que una formal cortesía. Había adquirido una serenidad y una dignidad que podía rivalizar con la de su madre, la reina. Pero al contrario que ésta, Angele no abandonaba aquella actitud en privado.

La dulce y vulnerable princesa parecía haber sido

sustituida por otra, capaz de asumir su papel de consorte de jefe de estado, hasta el punto de insistir en disculparse con su pueblo por «la separación temporal» que había tenido lugar entre ellos, cuando Zahir había estado dispuesto a asumir toda la responsabilidad.

En aquel mismo momento, Angele prestaba más atención a quienes los rodeaban que a él. Era capaz de sonreír y saludar a los zoharianos al tiempo que ignoraba a los vociferantes paparazzi. Y Zahir no confiaba en que su actitud cambiara una vez entraran en el restaurante.

Súbitamente la vio arrodillarse y saltó hacia ella para protegerla de cualquier posible amenaza al tiempo que le tendía la mano para ayudarla a ponerse en pie, pero ella la ignoró. Sólo entonces se dio cuenta de que un niño pequeño había escapado del control de sus padres y había atravesado el círculo de periodistas.

Con su espectacular vestido, y un peinado y maquillaje inmaculados, Angele abrió los brazos para cobijar al asustado niño, y éste se lanzó a ellos como si fueran un refugio seguro.

Angele lo levantó en brazos, susurrándole algo a lo que él respondió negando con la cabeza. Entre tanto, los flashes de las cámaras no paraban de disparar y Zahir no dudó de cuál sería la portada de los diarios del día siguiente.

Angele se volvió hacia él.

—Creo que hemos hecho un amigo.

Zahir sonrió al niño.

—¡Hola, pequeño! ¿Dónde están tus padres?

—Quería ver a la princesa —dijo él, en lugar de contestar.

–Lo comprendo. Es muy especial, ¿verdad?

El niño asintió y el rostro de Angele se iluminó por primera vez en muchos días con una genuina sonrisa.

–¿Cómo te llamas?

Zahir no oyó la contestación porque a su derecha se produjo un revuelo. La chica a la que los guardaespaldas dieron permiso para acercarse se parecía tanto al niño que sólo podía ser su hermana mayor.

Confirmó las sospechas de Zahir en cuanto habló.

–Mi hermano no pretendía molestar. Se supone que estoy cuidando de él mientras mis padres hacen unos recados, pero estaba empeñado en ver a la princesa.

–No te preocupes –Angele volvió a sonreír–, no ha causado ningún problema.

La niña no se calmó.

–Mis padres van a enfadarse mucho.

–Quizá podamos resolverlo si cenáis con nosotros –dijo Angele.

La niña la miró atónita, al igual que el maître, que había salido a recibirlos.

Se trataba de un gesto políticamente brillante para aumentar la popularidad de la princesa, y dado que Zahir no confiaba en tener éxito en sus esfuerzos de conquista romántica, pensó que no le importaría la compañía.

Angele le dirigió una mirada suplicante y Zahir, volviéndose a sus guardaespaldas, les dio la orden de buscar a los padres y decirles que sus hijos y la pareja real los esperaban en el restaurante.

Habría hecho eso y mucho más por recibir la cálida mirada que Angele le dedicó.

Angele se detuvo, nerviosa, en el pasadizo secreto, delante de la puerta del dormitorio de Zahir y para no darse tiempo a cambiar de idea, la empujó.

Una rápida mirada le permitió saber que Zahir no estaba, así que fue hacia el salón. Allí lo encontró, de pie, en actitud alerta junto al escritorio en el que debía haber estado trabajando hasta ese momento.

Se había quitado la chaqueta y la corbata y se había desabrochado los primeros botones de la camisa, ofreciendo un aspecto informal que muy pocas personas llegarían a ver. Sus ojos se abrieron sorprendidos al verla.

—¡Princesa! ¿Qué te trae por aquí?

—Quería darte las gracias por haber dejado que la familia comiera con nosotros —Angele tenía otros planes, pero era lo bastante diplomática como para esperar a mencionarlos.

—Ha sido sorprendentemente agradable.

—¿Por qué «sorprendentemente»? —preguntó ella.

—No suelo disfrutar con la compañía de desconocidos.

—Pues tu posición te obliga a hacerlo a menudo.

—Por eso mismo.

—Y, sin embargo, no has titubeado cuando te lo he pedido.

Ése era el motivo de que hubiera acudido a verlo, porque su amabilidad la había emocionado y le había hecho amarlo más que nunca, y por eso había decidido ser tan feliz como le fuera posible y dejar de rumiar pensamientos negativos en la soledad de su cama.

Zahir alargó la mano y le acarició la mejilla con expresión inescrutable.

—Siempre que pueda te daré lo que desees.

—Te lo agradezco.

¿Necesitaba que la amara cuando al menos contaba con su promesa de fidelidad? No podía negar que se había sentido mimada y atendida durante las últimas semanas a pesar de que los sentimientos de Zahir no estuvieran motivados por el tipo de amor que ella anhelaba.

—Tendremos una relación muy cómoda —dijo él, haciendo una mueca como si no le gustaran las palabras que había elegido.

—La comodidad no está mal.

—No, hay sentimientos mucho peores.

Pero también los había mucho mejores, aunque ninguno de los dos lo dijera, y al sentir que también Zahir lo pensaba, Angele sintió que prendía una chispa de esperanza en su corazón.

Decidida a ser valiente, dio un paso hacia él.

—Has dicho que siempre me darás lo que desee.

—Si está en mi poder...

Angele asintió y aproximándose aún más, rodeó sus bíceps con las manos y deslizó éstas arriba y abajo. Al hacerlo, un escalofrío la recorrió. En el futuro sería el rey de Zohra, pero para ella siempre sería «su hombre».

—¿Angele? —dijo él con voz ronca.

La deseaba. Angele lo supo por el tono de su voz,

por la forma en que se dilataron las pupilas y las aletas de la nariz, por la tensión de sus músculos. Y saberlo le hizo sentir maravillosamente. La pasión no había desaparecido, sólo la estaba reprimiendo.

—Me deseas —afirmó, más que preguntó.

—Sí.

—Hazme el amor.

—No puedo.

Angele deslizó la mirada por su cuerpo y vio la presión de su sexo contra la bragueta.

—Yo diría que sí puedes —dijo con una sonrisa maliciosa.

Zahir rió.

—Físicamente, desde luego, pero prometí a tu padre que no te tocaría antes de la boda.

—Pero tú me consideras ya tu esposa.

—Eso es verdad.

—¿El futuro rey de Zohra permite que otro hombre dicte su comportamiento? —dijo ella, retadora.

—He hecho una promesa.

—De no tocarme hasta que nos casemos. Pero en tú corazón ya soy tu esposa.

—¿Y en el tuyo?

Angele fue sincera.

—Soy toda tuya, Zahir. Siempre lo he sido.

—No es eso lo que decías en tu carta.

—Quería devolverte tu libertad.

—Porque querías que encontrara el amor verdadero.

Angele imaginó que había pretendido usar un tono sarcástico, pero sonó más confuso que cínico.

Y de pronto comprendió algo esencial: que Zahir

no la amara no significaba que no necesitara su amor. De hecho, ni siquiera estaba ya tan segura de que no la amara, o que al menos sintiera algo por ella, algo que no llegaba a comprender pero que acabaría por descubrir.

–No te abres a mí –dijo, no tanto como una acusación como para provocarlo.

Necesitaba comprender a aquel hombre tan complicado y era consciente de que había estado tan cegada por sus propios sentimientos que no había sido consciente de los de él. Aquel hombre siempre había asumido que se casaría con ella y había jurado que le sería fiel.

–Yo diría que eres tú quien ha erigido una muralla entre nosotros –dijo él, frunciendo el ceño–. Antes me amabas.

–Y sigo haciéndolo

Y negarlo sólo le estaba causando dolor al hombre al que menos deseaba herir.

Mientras que la petición de Angele de que le hiciera el amor no lo había sorprendido, la afirmación de que lo amaba hizo que Zahir se separara de ella, airado.

–No es verdad –exclamó.

Angele se aproximó a él hasta que sus cuerpos casi se tocaron.

–Claro que sí.

–Ya no me sonríes como en el pasado.

–Las últimas semanas han sido muy estresantes.

Y Angele se había dicho que era mejor ocultar sus sentimientos para evitar que hubiera un desequilibrio tan pronunciado entre ellos. Pero la ocultación, al contrario que para Zahir, iba en contra de su naturaleza. Para disimular, había tenido que reprimir sus emociones tras una fachada hierática de mujer de estado. Había crecido rodeada de modelos en los que fijarse, pero aquella noche se había dado cuenta de lo opresivo que le resultaba. A veces necesitaba ser ella misma, y sobre todo con Zahir.

–Aunque una relación como la nuestra pueda prescindir del amor, es necesario que ambos cónyuges se gusten –dijo él, pareciendo que intentaba convencerse a sí mismo tanto como a ella.

Pero Angele no dejó que la abatiera aquella nueva prueba de que no la amaba y prefirió quedarse con lo que Zahir le trasmitía sin palabras: un anhelo que estaba segura que no dejaba entrever a nadie más que a ella.

–Tú me gustas, Zahir. Y te amo –dijo Angele, que tras decirlo una vez ya no le costaba repetirlo–. Nunca he dejado de amarte.

Zahir la tomó entonces por los brazos.

–Eres mía y no permitiré que vuelvas a dejarme.

–No pienso ir a ningún sitio –Angele lo necesitaba y empezaba a darse cuenta de que, a cierto nivel, él a ella también–. Quiero que me hagas el amor.

–¿Y la promesa que le he hecho a tu padre?

–Queda anulada si hacer el amor es una prueba de afecto y no una mera necesidad de satisfacer el deseo sexual.

–Tú sabes que siento tanto afecto por ti como por cualquier miembro de mi familia. Eso no ha cambiado.

No era la declaración más romántica de la historia

de la humanidad, pero tratándose de Zahir, representaba un compromiso mucho más profundo del que
pudiera hacer cualquier hombre.

—Te creo.

Y en ese momento fue como si algo se rompiera
en el interior de Zahir, como si la compuerta de una
presa se abriera, y agachando la cabeza besó a Angele apasionadamente, como si se tratara de una fortaleza cuyos muros quisiera derribar.

Capítulo 10

CONSCIENTE de que Zahir la necesitaba tanto como ella a él, Angele dejó que su cuerpo se rindiera a su deseo, con una entrega que le supo a victoria.

Zahir la tomó en brazos y la llevó al dormitorio sin dejar de besarla. Cayeron juntos sobre la cama, Zahir encima de Angele, presionándole el vientre con la prueba de su excitación. Angele sintió que se le humedecían las bragas y abrió las piernas buscando un mayor contacto. Pero los separaban demasiadas capas de ropa y dejó escapar un gemido de frustración.

Zahir gruñó quedamente besándola con una voracidad que no había mostrado la vez anterior. Por comparación, aquella noche la había tratado como si fuera de cristal. Quizá porque era su primera vez y había querido actuar con delicadeza.

Pero en aquella ocasión, cada beso estaba cargado de una necesidad primaria que irradiaba de todo su cuerpo.

Sus manos la recorrían milímetro a milímetro, acariciando con destreza aquellos puntos que le hacían sentir sensaciones desconocidas y nuevas. Su ropa desapareció y también la de él, aunque no habría podido decir cómo ni quién se había ocupado de ello.

Pero cuando Zahir le tomó ambas manos y se las alzó por encima de la cabeza, sujetándoselas a las barras del cabecero y diciéndole que no se soltara, preguntó:

–¿Por qué?

–Quiero darte placer.

–¿Y debo mantener así las manos?

–Me gustaría que lo hicieras.

Angele no comprendía. Por un lado quería poder tocarlo, y por otro quería hacer lo que le pedía. La idea de entregarle todo el control le resultaba a un tiempo arriesgado y excitante.

–¡Es pornográfico! –dijo ella, con tanta sorpresa como deseo.

–Soy un hombre que sabe lo que desea.

–Te gusta tener el control.

–¿Te sorprende?

–No –dijo Angele, aunque pensó que quizá un hombre que siempre tenía que controlarse querría ceder parte de su responsabilidad. Sin embargo, en aquella ocasión su expresión manifestaba que ése no era el caso.

Zahir le hizo flexionar las piernas y luego bajar las rodillas hacia los lados, abriéndola de manera que su sexo quedó expuesto a su mirada de una manera que la habría avergonzado de no haber estado tan excitada.

–¿Siempre va a ser así? –preguntó jadeante.

¿Zahir siempre querría tener tanto control sobre ella?

Él alzó la mirada de la más íntima parte de su cuerpo.

–No lo sé. No lo he hecho nunca, pero lo deseaba hace mucho tiempo.

Angele gimió, excitándose aún más con sus palabras que con sus caricias.

–Me alegro de que sea especial para los dos.

–Todo lo que compartamos en nuestra cama lo será. Ninguna mujer me ha pertenecido como tú, ni yo le he pertenecido a nadie como a ti.

–¿Qué quieres decir?

–Que eres la dueña de mi futuro –dijo él, al tiempo que exploraba la delicada piel de su intimidad femenina con los dedos–. Eres preciosa.

–Yo no encuentro que esa parte de las mujeres sea hermosa.

–¿Lo dices porque la has mirado? –bromeó él.

Aun sabiendo que le tomaba el pelo, Angele se sobresaltó.

–¡Zahir! ¡Por supuesto que no!

–Entonces no lo sabes y perdono tu ignorancia.

Angele desvió la mirada con una mezcla de vergüenza y placer.

–Cada milímetro de tu cuerpo es hermoso, incluida la parte que sólo hemos visto tu médico y yo.

–No solías considerarme hermosa –dijo entonces ella.

–Cuando firmaron el contrato de nuestra boda, tenías trece años. Habría sido inmoral pensar en ti en esos términos.

–Pero luego me hice mayor.

–A mis ojos, no.

Angele estuvo a punto de reírse, pero no lo hizo

por la seriedad con la que Zahir se había expresado; y en ese momento comprendió por primera vez por qué había transcurrido tanto tiempo sin que Zahir se interesara en formalizar el compromiso.

Unos segundos más tarde ya no pudo seguir pensando en nada a medida que las caricias de Zahir la elevaron al plano de las sensaciones y del inconsciente. Sabía exactamente qué hacer, cómo acariciar sus senos y endurecer sus pezones.

Pero no se detuvo ahí, sino que se lanzó a explorar zonas de su cuerpo de cuya sensibilidad Angele no había sido consciente hasta entonces: la parte interna de sus muslos, el punto central de su espalda, su nuca... Retorciéndose de placer, le suplicó que la penetrara. Él entonces le dio placer con la boca.

Angele todavía no se había recuperado del primer orgasmo cuando la penetró. Y como la primera vez, Angele sintió que la llenaba no sólo físicamente, sinó que también se apoderaba de su corazón y de su mente hasta dejarla sin aliento y sin capacidad de sentir otra cosa que no fuera él.

El segundo orgasmo le sobrevino con una fuerza que rozó una intensidad dolorosa.

Pero Zahir no había acabado. Se mantuvo en tensión hasta que sus convulsiones se aplacaron y sólo entonces empezó a moverse de nuevo. Con la lengua, le secó las lágrimas que, sin ella notarlo, rodaban por su mejilla.

–*Aziz* –susurró.

–Te amo, Zahir.

Un brillo iluminó la mirada de Zahir antes de que empezara a mecerse rítmicamente, acelerando paulatinamente hasta arrastrar una vez más a Angele al clímax y acompañarla en él.

Zahir insistió en que durmiera en su cama después de darse un baño juntos, y Angele durmió mejor de lo que lo había hecho desde que habían vuelto de los Estados Unidos.

Despertó a la mañana siguiente a la sensación de delicadas caricias. Fue a alargar las manos para tocar a Zahir, pero no pudo y sólo entonces se dio cuenta de que las tenía atadas a la cama con una cinta de seda.

—¿Zahir? —llamó, abriendo los ojos a la penumbra del amanecer.

Zahir la miró con una nueva intensidad.

—¿Te gusta?

Quizá otra mujer habría dicho que no. Quizá ella se habría negado con otro hombre. Pero Angele supo que Zahir no le estaba preguntando sólo si le dejaría hacerle el amor con las manos atadas, sino si confiaba en él lo bastante como dejarle hacerlo.

También entonces fue consciente de que ella sentía una necesidad parecida, como si con aquella muestra de confianza mutua quisieran reparar el daño que había causado el largo periodo que había transcurrido desde la firma del contrato hasta el presente.

Así que, aunque no fuera una declaración de amor, era lo más parecido que podía esperar. Y Angele decidió aceptar.

—Sí, me gusta.

El rostro de Zahir se iluminó.

—Me resultas tan sexy así...

Y Angele pensó que aunque él no la amara, ella

podría darle algo único. Zahir le había dicho que no había hecho algo así con ninguna otra mujer y ella le creía. Lo que iban a hacer era excepcional y nuevo para los dos.

–¿Alguna vez consentirás en que invirtamos los papeles? –preguntó por curiosidad.

–Si quieres...

Angele supo que no mentía. Zahir confiaba en ella como no había confiado en nadie.

–Puede que algún día... –dijo, acabando la frase con un gemido de placer al sentir los labios de Zahir sobre la piel.

Zahir acompañó a Angele a su dormitorio, encogiéndose de hombros cuando ella le dijo que, si los encontraban juntos en el pasadizo, todo el mundo sabría lo que habían hecho.

–Eres mía.

–¡Qué posesivo eres!

–¿Tú no?

–No.

–Me alegro.

Al llegar a la puerta del dormitorio, Zahir le dio un apasionado beso de despedida.

–Hoy debo atender asuntos de estado –dijo al separar sus labios de los de ella–. Tengo que ir al extranjero.

–¿Adónde?

–A Berlín.

Angele no pudo evitar sentir una punzada de celos.

—Se está celebrando la semana de la moda de Berlín. Podría acompañarte y escribir un artículo para la revista.

—Si estás segura de poder dejar los preparativos de la boda... —dijo Zahir con una sonrisa de felicidad.

Su reacción dejó claro que le apetecía que Angele lo acompañara.

—Entre Lou-Belia y tu madre lo tienen todo bajo control.

—Tú les has dejado todo el protagonismo.

Angele no estuvo segura de si se trataba de un comentario o de una crítica, pero decidió interpretarlo como lo primero.

—Será mejor que sepas que organizar eventos no es mi fuerte. Puedo ser muy meticulosa y planear mi vida a la perfección, pero no disfruto elaborando listas de invitados ni decidiendo cómo sentarlos en un banquete.

Zahir asintió como si confirmara sus sospechas.

—No es algo que te corresponda por tu posición. Para eso tenemos un equipo de profesionales.

—Ya. Nuestras madres están volviendo loco al coordinador de palacio.

—Mi madre me ha dicho que te niegas a enseñar el traje de la boda.

—Así es.

—Dice que sólo les has dicho que es blanco.

Angele sabía que tanto Lu-Belia como la reina se sentían frustradas, pero no pensaba dejarse convencer.

—No tienen por qué saber nada más.

—También me ha dicho que has prometido que no

chocará con el resto de los vestidos que lucirá la familia real.

Angele se encogió de hombros. Si Zahir creía que iba a darle más información que a su madre, estaba equivocado. Pero si la conocía tan bien como empezaba a sospechar que lo hacía, podría adivinar lo que había planeado ponerse.

Angele durmió durante el vuelo a Berlín mientras Zahir trabajaba a su lado en el avión.

Había tenido una mañana muy ocupada después de que su madre, descorazonada con su partida a Berlín, insistiera en que hiciera una serie de llamadas y tomara unas cuantas decisiones relativas a la ceremonia antes de marcharse.

Finalmente, había tenido sólo veinte minutos para hacer la maleta y, hasta que estuvieron en la limusina camino del aeropuerto, no se le ocurrió que quizá se alojarían en el chalé donde se habían tomado las perturbadoras fotografías de Zahir con Elsa.

–¿Dónde nos alojaremos? –preguntó, horrorizada ante esa posibilidad.

Zahir mencionó un hotel de lujo en el centro de la ciudad. Aunque reprimió un gesto de alivio, Angele no pudo dominar su curiosidad.

–Creía que tenías una casa.

–Se ha vendido, al igual que otras propiedades en Alemania –contestó él, mirándola como si la retara a seguir preguntando.

–Ah –se limitó a decir Angele, decidiendo creerlo.

–Aunque no podíamos cortar todos los vínculos

con el país, los hemos reducido al mínimo –dijo Zahir en el silencio que siguió.

Angele sabía que debía responder de alguna manera, pero no supo que debía decir.

–Gracias –dijo finalmente.

–No las merece.

Y con eso la conversación se dio por terminada por ambas partes, y Angele sintió que su corazón se aligeraba.

Las habitaciones conectadas que tomaron en el hotel eran lujosas y cómodas, y cuando Zahir dijo a Angele que usara su dormitorio como vestidor, ésta comprendió que compartirían la cama de él los tres días siguientes.

La primera de ellas, volvió del desfile de moda pasada la medianoche, exhausta.

–Adoras el mundo de la boda, ¿verdad? –preguntó Zahir–. ¿No te gustaría organizar una semana de la moda en Zohra?

Angele lo miró entusiasmada.

–¿Podría contratar un equipo de trabajo? ¿Podríamos coordinar los desfiles con una obra de caridad para que sea algo más que moda?

–Por supuesto.

–Me encantaría. Además, ahora se ve con mejores ojos a las mujeres de políticos que se mantienen activas y tienen sus propios intereses.

–Eso es verdad.

Angele sonrió, emocionada de que Zahir hubiera tenido aquella idea. Dado que no era un hombre espontáneo, debía de haber reflexionado bastante sobre ello.

–Seguro que has pasado tiempo pensando en ello.

–Varios años.

Angele abrió los ojos desmesuradamente.

–Podría seguir escribiendo artículos. No hace falta que desarrolles una nueva industria en Zohra para mí.

–Estoy seguro de que seguirás escribiendo porque lo haces muy bien. Pero ya es hora de que Zohra se incorpore al mundo de la moda.

–Claro, ya suponía que una de tus prioridades políticas es que Zohra tenga una semana de la moda –bromeó Angele.

–Lo que es importante para ti también lo es para mí.

Angele se abrazó a él.

–Te adoro.

Zahir rió y la miró con una expresión que Angele empezaba a conocer.

–Me alegro de oírlo. ¿Quieres ir a la cama?

–Estoy cansada, pero no tengo sueño.

–Creo que tengo una solución para eso –dijo Zahir.

Y la tuvo.

Capítulo 11

AL DÍA siguiente, Angele se levantó temprano y salió a la vez que Zahir. El coche la dejó junto a sus guardaespaldas en el pabellón principal y pasó la mañana entrevistando a los diseñadores y dueños de boutiques que acudían a la feria. Era sorprendente y al mismo tiempo halagador, lo interesados que se mostraron todos en aparecer en un artículo escrito por la prometida del jeque y futuro rey de Zohra.

Al mediodía fue a descansar al hotel después de picar algo. Tras despertar de la siesta, decidió ir a comer antes de volver a la feria.

El maître pareció sorprendido al verla pero hizo una señal a un camarero y le dijo algo que Angele no entendió antes de conducirla a una mesa en la parte de atrás del restaurante, desde la que se tenía una preciosa vista del jardín.

Angele estaba tan concentrada mirando por la ventaba que no se dio cuenta de que el maître se había parado al lado de una mesa ocupada por dos comensales y que el camarero aparecía con una tercera silla para ella.

Sólo entonces bajó la mirada y vio que se trataba de Zahir... y de Elsa Bosch.

Zahir había palidecido y Elsa parecía entre divertida e incómoda. Angele ocupó su asiento y el maître le puso la servilleta mientras el camarero colocaba el servicio. Cuando fue a darle el menú, ella lo rechazó con una ademán de la mano y dijo:

—Tomaré una ensalada César.

Ni siquiera estaba segura de que estuviera en la carta, pero imaginó que, si no era sí, la improvisarían. Necesitaba concentrarse en mantener la calma ante su futuro marido y la antigua amante de éste.

Cuando el maître y el camarero se fueron, dejó escapar el aire que inconscientemente había retenido en los pulmones.

—¡Qué situación tan peculiar! —comentó. Al no obtener respuesta, se volvió hacia Zahir y dijo—: No pretendo ser grosera, pero creía que ya habías resuelto este problema.

Elsa expresó su irritación con un gruñido, pero no dijo nada.

—Yo también lo creía, pero han surgido otros problemas.

—¿Pretende chantajearte? —preguntó Angele en árabe, segura de que ninguno de los presentes la entendería.

—No.

—No sé si eso me alivia o me preocupa aún más.

Una semana antes, su reacción habría sido completamente distinta. En aquel momento, decidió confiar en él ciegamente.

—Elsa no era la chantajista.

Angele lanzó una rápida mirada hacia la mujer, que los escuchaba con interés.

—¿No? Creía que lo habías comprobado.

—No lo negó cuando la amenacé con arruinar a su productora si se publicaba cualquiera de las fotografías.

—Supongo que el pago por una exclusiva contándolo todo le habría compensado por la pérdida de su negocio.

—Fui más que generoso cuando nos separamos, pero a cambio firmó un contrato por el que, si hablaba con la prensa, tendría que devolverme cada céntimo que le había dado.

—¿Y cómo pensaba que iba a poder llevar a cabo el chantaje?

—No lo hizo ella.

—Fue mi hermano —dijo Elsa, que aparentemente sabía suficiente árabe como para haber entendido la conversación parcialmente.

—¿Tu hermano? —preguntó Angele, atónita.

—Es un idiota —dijo Elsa, encogiéndose de hombros— y no se dio cuenta de que, tal y como estaba redactado el acuerdo, me comprometía igualmente.

—Elsa ha venido a traer todas las copias de las fotografías así como el disco duro de su hermano.

—Podría tener más copias guardadas —comentó Angele.

—No las tiene.

—¿Se supone que debo creerte? —preguntó Angele, manteniendo un tono distante del que se sintió orgullosa dado el torbellino de emociones que sentía por dentro.

Elsa se encogió de hombros de nuevo y Angele se volvió hacia Zahir para ver cómo reaccionaba.

—¿Tú la crees?

—Da lo mismo que la crea o que no.

—Porque no vas a correr ningún riesgo...

—Exactamente. En este momento su hermano va camino de Zorha para ser juzgado por chantaje.

—¿Cómo? –preguntó Elsa, elevando la voz.

Zahir le dirigió una mirada tan heladora que Angele sintió un escalofrío.

—No estoy convencido de que no supieras nada de los planes de tu hermano. De hecho, lo considero demasiado estúpido como para haber sido él quien decidió que Angele fuera vuestra víctima más propicia.

Elsa parpadeó.

—Si te nombra como su cómplice –continuó Zahir–, cursaremos una petición de extradición para que también seas juzgada en Zohra.

—Pero... te he traído las fotografías.

—Gracias. Serán usadas junto con el disco duro como prueba en el juicio.

Elsa lo miró atónita.

—¡No es justo!

Angele la miró pensando lo poco que conocía a Zahir.

—¿Y crees que chantajear sí lo es? –preguntó éste.

—Pero dijiste que no me llevarías a juicio si desistía de ello.

Angele apenas pudo contener el impulso de poner los ojos en blanco al verla interpretar el papel de damisela angustiada.

Observándola con frialdad, Zahir contestó:

—Eso fue mientras pensé que tú eras la culpable y sentía que debía protegerte a pesar de cómo terminamos.

Angele comprendió que Zahir no habría enviado a la cárcel a Elsa a no ser que se viera obligado a ello. Su hermano, sin embargo, era otro caso. Un hombre capaz de chantajear al que había sido amante de su hermana, no merecía ninguna consideración.

–Pero Hans no iba hacer nada más.

–¿De verdad?

–Te lo aseguro –Zahir miró fijamente a Elsa como si sopesara la veracidad de sus palabras.

Por su parte, Angele la creyó o al menos creyó que confiaba en su hermano.

–Entonces explícame por qué el padre de Angele recibió una carta chantajeándolo la semana pasada.

–¿Mi padre? –preguntó Angele, atónita, al tiempo que Elsa abría y cerraba la boca como un pez.

Zahir se volvió hacia ella.

–Sí. Kemal vino a verme al instante.

–¡No sé por qué insistes! –dijo Elsa–. Haces que Hans suene como un delincuente cuando sólo estaba probando su suerte.

–Yo no he dicho que fuera Hans.

Elsa dejó escapar una exclamación.

–Así que sólo pretendías que nombrara a mi hermano para tener una prueba más.

–¿Preferirías enfrentarte a los cargos tú sola? –preguntó Zahir con aspereza.

Elsa palideció al tiempo que tomaba su copa con dedos temblorosos para beber un trago.

–No.

–Eso era lo que me imaginaba.

–Nada me impide acudir a los tabloides con mi historia.

–Has invertido todo tu dinero en tu productora. No podrías pagarme.

–Pues demándame. Para entonces la historia habrá sido publicada y todo el mundo podrá leerla.

–Ya he publicado una nota oficial admitiendo una relación contigo en el pasado de la que me arrepiento profundamente. De paso, anuncio que tu hermano será juzgado en mi país por chantaje –Zahir hablaba a Elsa, pero estaba mirando a Angele como si sólo le importara su reacción.

–Ha sido una jugada muy inteligente –comentó ésta.

Zahir ya le había demostrado con la noticia de su embarazo que era mejor ser lo más transparente posible con la prensa.

Una vez más, Elsa hizo un poco atractivo gesto de pez.

–Yo...

Zahir se volvió hacia ella.

–Harías bien manteniéndote callada a no ser que quieras pagar tu torpeza igual que tu hermano va a tener que pagar el precio de su osadía.

–Pero tú mismo lo has dicho: no puedes mandarlo a prisión por ser osado.

–Si su osadía le lleva a cometer un crimen, sí –Zahir se encogió de hombros y se puso en pie–. Así son las cosas –tendió la mano a Angele–. Vayámonos, *ya habibti*.

Angele se levantó sin titubear. Todavía le quedaba preguntas por hacer, pero esperaría a estar a solas con Zahir. Antes de marcharse, dijo a Elsa:

–Te aconsejo que tomes la decisión correcta.

Elsa no contestó, pero ladeó la cabeza como si la animara a explicarse.

–Zahir perdonó tu traición y hasta ha estado dispuesto a olvidarla por vuestra relación pasada –continuó Angele–. No hagas que se convierta ahora en tu enemigo.

–¿Acaso no lo es ya?

–Si lo fuera, ahora mismo estarías en el mismo avión que Hans.

–Es mi hermano.

–Lo comprendo, pero ha infringido la ley, y sospecho que no es la primera vez.

Un leve sobresalto de Elsa le confirmó que estaba en lo cierto.

–Sólo es la primera vez que va a pagar por ello. Créeme, Zahir te está haciendo un favor.

–¿A qué te refieres?

–Puede que la siguiente vez Hans tratara de chantajear a la persona equivocada, alguien que en lugar de acudir a la ley buscara una solución más permanente.

–¿Peor que ir a prisión en Zohra?

–No se trata de un agujero en un país tercermundista, sino de una prisión con derecho a visitas y unos funcionarios de prisiones que cumplen normas más estrictas contra la corrupción que los de muchos países desarrollados.

Los ojos de Elsa se llenaron de lágrimas, pero asintió.

–No soy estúpida. No contactaré a la prensa.

–Te lo agradezco.

–Zahir ha sido siempre tuyo.

—Empiezo a darme cuenta de ello.

—Me merecía tener una oportunidad de ser feliz —Elsa se refería al hombre con el que había engañado a Zahir.

—Así es. Y nosotros también.

—¿Podría cumplir condena en Alemania? —preguntó Elsa a Zahir sin mirarlo—. Al menos así podría visitarlo a menudo.

Zahir no contestó, pero Angele indicó a Elsa con una mirada que intentaría convencerlo. Elsa debió comprenderla, porque asintió.

El camarero llegó con la ensalada cuando Zahir y Angele ya se alejaban de la mesa, y Zahir le indicó que la enviara a su habitación.

Ninguno de los dos habló en el ascensor. Una vez entraron en la habitación, Zahir dejó escapar un suspiro pero permaneció callado.

—¿Era éste el asunto de estado que tenías que tratar? —preguntó Angele.

—No, pero tenía que aprovechar el viaje —dijo Zahir con una expectante cautela, como si esperara que sucediera algo.

¿Qué temía? ¿Un estallido? Angele no tenía la menor intención de hacer una escena.

—¿Te queda más trabajo por hacer? —preguntó ella.

—No.

—¿Quieres venir conmigo a la semana de la moda?

Zahir frunció el ceño.

—No, y preferiría que no te marcharas.

—¿Por qué?

—Lo sabes bien.

—Dímelo

–Tenemos que hablar de lo que ha pasado en el comedor.

Angele era consciente de que se sentía mal, y en lugar de compadecerse de él, se alegró.

–¿De qué quieres que hablemos?

–Me has encontrado comiendo con mi antigua amante.

–Estabas reuniendo pruebas contra su hermano.

–Estoy seguro de que habrías preferido que te contara mis planes y que estás enfadada por no haberte dicho que habían intentado chantajear a tu padre.

Angele reflexionó unos segundos.

–No, no estoy enfadada. Entiendo que quisieras protegerme porque estoy embarazada.

–No puedo prometer que hubiera actuado de otra manera si no lo estuvieras –dijo él, en un ejercicio de sinceridad.

–También te creo.

–¿De verdad?

–¿A qué crees que me refiero cuando digo que te quiero, Zahir?

–No lo sé.

–No sólo te amo por aquellas características que me gustan de ti. Sé que ves el mundo con una mentalidad en la que influyen generaciones con un profundo sentido de la responsabilidad. Proteges a tu familia, a tu gente, a mí. Está en tu ADN.

–¿Y no te molesta?

–No. Me hace sentir segura.

–No quería someterte a más estrés del que ya tienes.

–Lo sé. Yo haría lo mismo por ti.

Zahir miró a Angele perplejo, y ella rió.

–¿No crees que tu madre haya protegido nunca a tu padre?

–Sí, pero...

–No hay «peros» que valgan.

–¿Crees que soy demasiado duro con el hermano de Elsa?

–No, pero estaría bien que cumpliera sentencia cerca de su hermana.

–Lo conseguiré.

–Elsa ha dicho que siempre has sido mío.

–Y tú le has contestado que estabas de acuerdo.

–Y es verdad, Aunque he tardado en darme cuenta.

–¿Qué te ha hecho cambiar de idea?

–Saber que me amas. Creo que no podías plantearte que me amabas porque para ti he seguido siendo una niña, y por eso trasferiste tus sentimientos a Elsa. Pero jamás te planteaste casarte con ella.

–¿Cómo...? Yo... –Zahir se quedó callado antes de dar un profundo suspiro–. Tienes razón.

–Dímelo.

–Te amo.

Angele se echó a llorar, pero Zahir no pudo decir nada porque también tenía los ojos humedecidos.

Obligó a Angele a tomar la ensalada antes de llevarla al dormitorio y echarla sobre en la cama.

–¿Otra noche de bodas? –preguntó ella con dulzura al tiempo que él la desvestía y luego se quitaba la ropa.

–Una noche de confirmación. Te amo más allá de la razón, con un sentimiento que nunca pensé que llegaría a conocer. Ahora sé que lo que he sentido en el pasado no ha sido más que lujuria mezclada con el alivio de poder ser, aunque sólo fuera fugazmente, un hombre como otro cualquiera. Pero nunca era capaz de olvidar quién era... ni siquiera con ella. Sólo contigo puedo ser quien soy y aun así sentirme libre como un hombre normal y corriente.

–Eres el hombre al que amo y al que siempre he amado –dijo ella, jadeante al ser acariciada en aquellos puntos que la hacían retorcerse y gemir.

–Y tú eres la mujer a la que amo y a la que siempre amaré.

Y Zahir se lo demostró con su cuerpo, haciéndole el amor lenta y pausadamente, repitiendo aquellas mismas palabras en todas las lenguas que hablaba fluidamente y en las que no.

Cuando gritó «*aziz*» al llegar al clímax, Angele tuvo la certeza de que era su único amor.

Epílogo

ANGELE vistió el traje que Zahir le había dado en su noche de bodas, haciendo que su madre llorara de emoción y su padre, de incontenible orgullo.

Las celebraciones duraron una semana, tras la que fueron a pasar su luna de miel a París, según Zahir, el lugar más apropiado para ellos por ser «la ciudad del amor».

Estaban en lo alto de la Torre Eiffel cuando él la abrazó mientras contemplaban las vistas.

–¡Qué preciosidad! –exclamó.

–Sí –Angele se acurrucó contra él–. Quiero guardar este instante para siempre en mi corazón.

–Podemos pedir a los guardaespaldas que tomen una fotografía.

Angele sonrió. Zahir era un príncipe heredero y no iban a ninguna parte sin guardaespaldas. Lo que podía ser un inconveniente, a veces era una ventaja, como cuando podían pedirles que les hicieran una fotografía durante su luna de miel.

Afortunadamente, el servicio de escolta tenía sus propias habitaciones en el hotel.

–Pidámoselo –dijo Angele, aceptando la sugerencia.

Zahir hizo la petición en árabe antes de inclinarse para besarla mientras el guardaespaldas tomaba la instantánea con París de fondo.

Para cuando él levantó la cabeza, Angele tenía la respiración agitada.

—Tú estás en todas las fotografías de mi futuro —susurró él.

Angele supo que aquellas palabras eran sinceras porque las comprendía perfectamente.

Ella nunca había concebido un futuro sin él por mucho que, durante un breve plazo de tiempo, se hubiera esforzado en conseguirlo.

No era de extrañar que Zahir aprobara los matrimonios concertados.

En su caso, había funcionado a las mil maravillas.

Bianca™

Embarazada y sola

Cuando se quedó emba-
razada tras pasar una noche
con el famoso magnate Rico
Christofides, Gypsy Butler
tomó la decisión de evitarle
a su hija una infancia tan terrible como la suya. Pero un
encuentro sorpresa con Rico
estuvo a punto de dar al
traste con ese plan…

Rico no había olvidado,
ni perdonado, a la única mujer que había conseguido
derribar sus defensas. Y al
descubrir que había sido padre, nada le impediría que
reclamara a su hija… aun-
que Gypsy dijera querer su
libertad.

Pasado imborrable

Abby Green

Acepte 2 de nuestras mejores novelas de amor GRATIS

¡Y reciba un regalo sorpresa!

Oferta especial de tiempo limitado

Rellene el cupón y envíelo a

Harlequin Reader Service®
3010 Walden Ave.
P.O. Box 1867
Buffalo, N.Y. 14240-1867

¡Sí! Por favor, envíenme 2 novelas de amor de Harlequin (1 Bianca® y 1 Deseo®) gratis, más el regalo sorpresa. Luego remítanme 4 novelas nuevas todos los meses, las cuales recibiré mucho antes de que aparezcan en librerías, y factúrenme al bajo precio de $3,24 cada una, más $0,25 por envío e impuesto de ventas, si corresponde*. Este es el precio total, y es un ahorro de casi el 20% sobre el precio de portada. ¡Una oferta excelente! Entiendo que el hecho de aceptar estos libros y el regalo no me obliga en forma alguna a la compra de libros adicionales. Y también que puedo devolver cualquier envío y cancelar en cualquier momento. Aún si decido no comprar ningún otro libro de Harlequin, los 2 libros gratis y el regalo sorpresa son míos para siempre.

416 LBN DU7N

Nombre y apellido	(Por favor, letra de molde)
Dirección	Apartamento No.
Ciudad	Estado	Zona postal

Esta oferta se limita a un pedido por hogar y no está disponible para los subscriptores actuales de Deseo® y Bianca®.
*Los términos y precios quedan sujetos a cambios sin aviso previo.
Impuestos de ventas aplican en N.Y.

SPN-03   ©2003 Harlequin Enterprises Limited

Deseo™

Un ardiente amor

PAULA ROE

A Zac Prescott le llevaba muchas horas dirigir una compañía multimillonaria. Afortunadamente, su eficiente ayudante hacía que la carga de trabajo fuera casi soportable. Su relación era estrictamente profesional… hasta la noche en que Emily Reynolds por fin se soltó el pelo. Y el magnate no dudó en robarle un beso.

De repente, lo único en lo que Zac podía concentrarse era en su secretaria. Por desgracia, después del beso ella se marchó. ¿Lograría Zac que volviera sugiriéndole nuevos proyectos… y algo de placer? ¿O acaso Emily buscaba un nuevo puesto… como su esposa?

Negocios, placer… ¿y posibilidades?

Bianca

No me conoces, pero estoy embarazada de ti

El mundo cuidadosamente ordenado de Dominic Pirelli se hundió cuando una desconocida lo llamó por teléfono y le dio una noticia pasmosa: por una confusión de la clínica de fertilización in vitro, ella estaba embarazada del bebé que Dominic y su difunta esposa soñaban con tener.

Aunque desconfiaba de sus motivos, Dominic decidió mantener cerca a Angelina Cameron. Tras llevarla a su lujosa mansión, empezó a sentir admiración por la fortaleza de Angie mientras su cuerpo iba cambiando con la nueva vida que llevaba en su interior.

Pero cuando naciera el niño, ¿quién tendría la custodia del heredero de Pirelli?

Vidas entrelazadas

Trish Morey